이 고도古都를 사랑한다

2004~2022

그림 ● **김성호**

1962년 경주에서 태어났다. 영남대학교 서양화과 및 동대
학 교육대학원을 졸업했다. 1991년부터 다수의 개인전을
열었고 주요 단체전에 참여해왔다. 고향 경주를 주제로 한
그림을 비롯하여 도시, 새벽, 거리를 테마로 한 연작들로
활발히 작품 활동을 해오고 있다.

일러두기

이 책의 일부는 지난 2004년 출간되었던 『강석경의 경주 산책』의 내용에서
발췌, 수정하고 보완하였음을 밝힙니다.

● 걷어문다 02 | 경주

이 고도古都를 사랑한다

2004~2022

강석경
에세이

ㄴㄴ > < ㄷㄴ

차례

신라, 이 아름다운 발음

칠레의 시인 네루다는 "꿈의 궁전에서 살듯이" 아름다운 지명에서 살기를 좋아했다. 꿈은 시인의 특권이라 싱가포르, 사마르칸트에서는 지명의 발음을 음미하며 살았다고 한다. 매혹적인 지명이 분명 있으니 나는 전에 「이스파한에서의 하룻밤」이라는 단편을 읽고 이스파한을 오랫동안 꿈꾸었다. 티베트의 수도 라사도 나를 사로잡았던 이름이어서 '라사'를 제목으로 넣어 장편소설을 쓰기도 했다.

신라라는 옛 이름을 불현듯 떠올리고 뒤늦게 몸을 돌린 것은 인도 여행을 다녀와서다. 농경민의 후예처럼 좁은 땅에 붙박여 살다가 인도의 드넓은 대륙에서 삶의 본질을 보고 경주로 향했다. 자연인 듯 이지러져 천오백 년 전 고분이 도심에 솟아 있는 풍경은 근원적이었다. 김씨 왕들의 거대 능을 산책하며 내 속에 유목민의 피가 흐르고 있음을 알았고, 비로소 한국인으로서 자기 정체성을 가질 수 있었다. 신라라는 찬란한 이름을 만나기 전 나는 디아스포라였다. 경주는 모태와 같으니, 이 책은 유목민의 금빛 꿈이 묻혀 있는 고도에서 발길 닿는 곳마다 길어올린 사색의 우물이다. 나와 우리들의 뿌리에 대한 소박한 찬미이다.

신라— 당신도 시인처럼 이 아름다운 발음을 음미해보라.

2014년 8월

강석경

시작에서 떠남까지

　난다에서 2014년 출판된『이 고도를 사랑한다』를 팔 년 만에 다시 원고보완하고 수정하여 개정판을 펴낸다. 경주 황리단길의 유명서점 어서어서어디에나 있는 서점 어디에도 없는 서점에서 경주에 관한 짧은 단상을 청탁받고 떠올린 생각이 이루어졌다. 경주를 떠날 마음의 준비를 하던 차어서 이 원고를 끝으로 나의 경주시대를 마무리하고 싶었다. 한 권의 책으로 시작에서 떠남까지 구성하고자 했다.

　삼십 년이 채 못 되는 긴 세월 동안 나는 무엇을 했던가. 장편소설 네 권, 올해 안에 출판할 소설집 한 권, 장편동화 두 권, 이 책을 포함하여 경주 역사 산문집『능으로 가는 길』과 불교산문집『저 절로 가는 사람』 등 산문집 세 권이 전부이다. 부지런한 작가들에 비하면 과작이 분명한데 이 작은 성취보다 내가 선택한 고도에 대한 정서적 동질감이 더 큰 수확이었다.

　경주를 발견하기 전 나는 한국인으로서의 정체성을 갖지 못했다. 나는 한국인일까? 해외여행 자율화가 된 삼십대의 마지막 해에 인도를 여행하며 비로소 자유로운 세상에 눈을 떴다. 내게 저항감을 주는 유교 체제의 이데올로기가 비본질적인 것임을 깨달았다.

그때 경주가 눈에 들어왔다. 천오백 년 전의 능들이 세월을 품고 이지러진 고즈넉한 풍경이. 신라의 아름다움은 나를 매료시켰고 나는 환상을 양식으로 삼아 사람이 아닌 자연에서 예술에서 구원을 얻었다. 거기까지는 자족했지만 구원의 트라이앵글인 사회는 갈등을 심화시켰다. 경주는 신라인들의 자유혼이 담긴 유적의 옛 땅일 뿐이다.

이십 년 전 캐나다 밴쿠버의 한 대학에서 낭독회 중 했던 말을 기억한다. 구원은 신이 아니라 사회가 하는 것이라고. 그보다 십 년 전 샌프란시스코 공항 벽면에 가득 걸려 있던 태피스트리 작품도 생각난다. 에이즈 환자를 위한 추도사가 수놓인 작품들이었다. 그 휴머니즘은 나를 감동시켰다. 한국 같은 유교사회에선 어림도 없는 일이다.

『이 고도를 사랑한다』를 처음 펴낼 때부터 "이 책은 남을 거다"라고 지지해주었던 시인 김민정 대표와 개정판 과정을 진행해준 유성원 편집자에게 감사드린다. 개정판이 나오도록 물심양면으로 지지해준 김호준 부시장님께 다시 감사를 전하고 싶다.

2022년 7월

강석경

서문

헤매다 경주를 찾았지

헤아릴 수 없는 곳에서

무엇을 헤아리는지 모르면서

끓는 납물 같은 웃음을

눈 속에 감추고서

한낮 땡볕 아스팔트 위를

뿔 없는 소처럼 걸으며

또 길에서 너를 닮은 구름을 주웠다

네가 잃어버린 게 아닌 줄 알면서

생각해보라,

우리기 어떤 누구인지,

어디서 헤어져서,

어쨌길래 다시 못 만나는지를

—이성복, 「來如哀反多羅 6」

월성 둔덕에 앉아 남천을 내려보다 시집을 펼쳐 「래여애반다라」 한 편을 소리내어 읽어본다. 신라 향가 「풍요風謠」 '오다, 서럽더라'의 정조情調를 천삼백 년 뒤 한 시인이 비단처럼 펼쳤는데, 자취 없는 옛 왕조의 궁터에 만발한 벚꽃이 애잔하게 흩어진다. 나도 땡볕 길을 소처럼 걸으며 우리가, 내가 어떤 누구인지 생각해보곤 했다. 모든 헤맴은 래여애반다라. 나도 그렇게 헤매다 경주를 찾았지.

내게 경주는 남들이 흔히 말하는 육신의 고향이 아니다. 삼십대에 경주의 향토사학인인 고故 윤경열1916~1999 선생을 만나러 가기 전까지는 아무 연고 없는 불국사의 관광도시였을 뿐이다. 나는 그때 한 문학잡지에 당대 예술가들과의 인터뷰를 연재하고 있었는데, 가야금 연주자 황병기 선생이 경주의 토우 제작가 한 분을 만나보라고 추천해주었다.

그 일로 며칠 머물면서 나는 완전히 경주에 매료됐다. 함경도 태생으로 어릴 때부터 신라를 동경하여 해방 뒤 경주에 자리잡은 선생은 무관심 속에 내버려둔 남산 유적을 찾아다니며 독학으로 책을 쓰고 신라 문화를 대외적으로 알리는 선구자 역할을 한 분이었다. 선생은 내게 화랑과 석굴암 등 신라 정신의 아름다움에 대해 말하고 신이한 설화로 가득한『삼국유사』를 들려주었다.

도심 한가운데 솟아 있는 능은 나의 뇌리에 지울 수 없는 인상을 남겼다. 대부분의 묘역이 산이나 들판 등 주거지와 멀리 떨어진 곳에 조성돼 있지만 경주의 거대 능들은 월성 가까이 도심인 황남동과 노서동에 자리 잡고 있었다. 낮은 빌딩 사이로 능이 솟아 있는 풍경을 신라백화점 오층 엘리베이터 안에서 보았을 땐 감탄사가 새어나왔다. 산 자와 죽은 자가 인류의 가족으로 더불어 있다니. 고분들은 인고의 시간을 견디며 이지러지기도 하고 주검은 어느덧 대지로 돌아가 둔덕 같은 자연 자체가 되어 있었다. 생멸의 순환과 우주의 질서를 보여주는 풍경은 근원적이어서 강렬하게 가슴에 다가섰다. 어릴 때 수학여행으로 토함산에 올라가던 기억 말고는 경주와의 첫 만남이었으나 십 년 뒤 나는 귀향병처럼 이곳으로 돌아왔다.

경주는 전국에서 녹지 비율이 가장 높은 도시이다. 도심 한가운데에도 능들이 솟아 있거니와 십 분이면 시가지를 벗어나면서 들판이 펼쳐진다. 자연과의 유다른 친화력이 나를 경주로 이끌었으리라. 내가 태어나 십대 중반까지 보낸 곳은 대구이지만 추억으로 떠오르는 장소는 한결같이 침산동 사택이다. 초등학교를 다니던 60년대 초에 공장들이 들어서던 침산동 일대는 아이들이 메뚜기를 잡아 강아지풀에 꿰어들고, 옥색 물감이 풀어져 흐르던 방천가에서 송사리를 잡던 놀이터였다. 무궁화나무 밑에서 매미 배를 간질이며 놀던 시절이 유독 정겹고 생생히 떠오르는 것은 자연의 품이 인류의 진정한 고향이어서가 아닐까. 인도 여행 중 끝없이 이어지는 지평선을 바라보며, 우리의 생도 한갓 풀 한 포기처럼 스러지는 것이며 순응을 가르쳐주는 저 원초의 자연에서 간디의 무저항주의가 나왔음을 깨달았다. 그렇다, 나의 고향은 호적에 기재된 한 도시라기보다 혼을 품어주고 스승같이 깨달음을 주는 자연인 것이다.

봄이 되면 경주의 온 가로수가 벚꽃 일색이다. 다양성이 아쉬울 정도이지만 회오리치듯 벚꽃이 월성 둔덕을 덮은 풍경은 가히 아름답다. 『삼국사기』에 의하면 월성月城은 5대 파사왕 101년에 축조되었고 21대 소지마립간 478년에 수리하여 왕궁으로 사용되었다. 십 년 전 지표조사로 네 동의 건물지와 경덕왕 때 축조한 궁내의 연못터 등 왕궁의 흔적을 찾았지만 조선조의 석빙고 말고는 비어 있는 유적지이다. "외로운 성이 약간 굽어서 반달의 형상을 하였는데, 가시덩굴이 족제비의 굴을 덮었네" 하며 고려 후기 문인 이인로李仁老가 남긴 이 시구로 보아 그때 이미 폐허가 되었고 반월성半月城으로 불린 것 같다.

월성에 와서 관광객들은 "아무것도 없네" 하고 발길을 돌리지만 비어 있기에 상상력을 불러일으키는 신라 왕궁터를 나는 즐겨 산책한다. 한 번은 보름밤에 홀린 듯이 월성에 간 적이 있는데, 계림을 지나 궁터에 들어서자 거대한 황도 같은 보름달이 솔숲 위로 솟아 있었다. 어릴 때 크레용으로 칠하던 진노랑색이었다. 진지왕의 혼이 도화녀를 찾아가 야합한 것도 저런 보름밤이 아니었을까. 황도 같은 보름밤에 잉태된 비형랑이 월성 담을 날아 넘어가는 환영을 본 듯했다. 효성왕 3년 여우가 월성궁 안에서 울다가 개에게 물려 죽은 날도 이런 보름밤이 아니었을까.

4월 초이나 궁터 빈 땅엔 아직 건초들이 덮여 있다. 그 사이로 풀과 쑥, 제비꽃 들이 돋아나왔으니 곧 초록이 땅을 점령하리라. 문천을 따라 오솔길을 오르내리니 나무뿌리가 드러나 있기도 하고 돌이 발끝에 차이기도 한다. 월성에 봄이 무르익으면 맨발로 걸으리라. 초승달 같은 궁궐 땅을 휘돌아 문천이 완만하게 흐르는데 저 느림이 고도 경주의 속도다. 과부인 어머니가 밤마다 애인을 만나러 가자 일곱 아들이 돌다리를 놓아주었다는 효불효교도, 일부러 물에 빠진 원효를 요석궁으로 인도한 유교도 문천에 서린 고대의 야담이다.

뿐만 아니라 문천은 삼 년 전 월성을 산책할 때만 해도 아이들이 멱을 감는 것을 볼 수 있었던 추억의 놀이터였다. 그러나 원형도 없는 신형 월정교가 무대 세트처럼 세워져 오릉으로 이어지는 시야를 가로막으니 문천의 환상을 잃어버렸다고 할까. 천년 유적을 정신적 유산이라 생각한다면 관광 상품으로 만드는 신건축을 열 번이라도 숙고해야 하지 않을까. 남산을 마주보고 "적군처럼" 서 있는 코아루 아파트 단지는 대표적인 졸속 행정이다. 황룡사지에서 바라보이는 이십 년 넘은 고층 아파트는 외국인 관광객도 지적하는 애물단지다. 첫 단추를 잘못 끼웠다. 관광지로 조성된 교동 한옥촌을 등지고 박물관이 내려다보이는 둔덕으로 걸음을 옮기자 종소리가 울린다. 매시마다 울리는 성덕대왕신종의 녹음 소리.

흔히 듣는 쇳소리가 아니라 맑고 힘찬 울림이 당좌에 부조된 겹연꽃처럼 피어나는 듯하다. 여운이 밀물처럼 번지는데 종신에는 범상치 않은 이 소리가 "용의 소리 같았다"라고 쓰여 있다. 경덕왕이 아버지인 성덕왕의 공덕을 기리고 국가의 번성을 기원하기 위해 계획한 성덕대왕신종은 아이를 바쳤다는 '에밀레종' 전설이 생길 만큼 신이했다. 한림랑翰林郎 급찬 김필오가 지었다는 명문은 얼마나 아름다운지 경주에 유학 온 고고미술사학도 한정호현 동국대학교 경주캠퍼스 고고미술사학과 교수씨를 사로잡았다. 제주 태생의 이 미청년은 수업이 없을 땐 박물관에서 살다시피하면서 성덕대왕신종 곁을 맴돌았다. 그는 신종 속이 궁금했다. 주위를 살피면서 종 안에 들어가보려고 했지만 피가 A형이라 되지 않았다.

갈망은 악몽으로 나타났다. 박물관 담을 넘는 꿈을 자주 꾸었다. 담을 넘으니 호루라기 소리가 들리고 플래시 불빛이 앞을 비추었다. 막다른 골목이라 종 안에 들어갔지만 발이 보여서 사지를 벌린 채 두 발로 버티고 섰다. 그러다 종이 땅에 떨어졌다. 사랑도 집착하면 손상을 가져오는 걸까. 그는 한동안 죄의식을 가졌다.

성덕대왕신종과의 질긴 연은 서울 동국대 고고미술사학과 대학원생이 된 해의 첫 수업 시간을 데뷔 무대로 만들었다. 건축사 수업이었다. 교수님은 책을 한가득 들고 들어와 탁자 위에 놓더니 칠판에 한자를 휘갈겨 썼다. 학생들은 숨을 죽인 채 고개 숙였고 교수님은 점을 찍고 돌아서더니 구석자리에 앉은 초년생을 보며 물었다. 이게 어디에 나오는 글귀냐고. 칠판을 제대로 보니 아! 바로 "성덕대왕신종 첫 구절입니다". 놀란 표정을 바꾸며 교수님이 읽고 해석하라고 했다. 꿈에서도 외울 수 있는 문장이었다. "내 인생의 아다리"였다. 신령한 종을 사모한 인재는 그렇게 드러났다.

무릇 지극한 도는 형상의 바깥을 포함하고 있기에 아무리 보려고 해도 그 근원을 볼 수 없고, 대음大音은 하늘과 땅 사이를 울리고 있지만 아무리 들으려고 해도 그 메아리를 들을 수 없다.

늘 그렇듯이 월성에서도 내가 가장 좋아하는 상수리나무 숲에 앉아 있다가 왕궁터를 나선다. 다시 계림을 지나 동부사적지를 보며 몇 걸음 옮기면 능 몇 개가 겹쳐지는 지점이다. 산처럼 겹쳐지는 능의 곡선을 보면 늘 처음인 듯 감탄하지만 하나로 허허로이 솟아 있는 능을 보아도 눈길을 거두지 못한다. 동부사적지의 표석이 세워지기 전 한 젊은 서양 남자가 이곳 풀밭에 비스듬히 기대앉아 일몰의 고분을 하염없이 바라보던 장면이 기억난다.

그때만 해도 동부사적지엔 나무 철책이 없어 발길이 자유로웠다. 인위적 흔적 없이 자연으로 던져져 있어 더없이 고도다웠다. 비어 있는 땅에 조산造山처럼 솟은 고분이 이방인의 가슴을 열어 근원의 풍경 속으로 들어가게 하나보다. 『개미』의 작가 베르나르 베르베르가 경주를 방문한 적이 있는데 가장 인상 깊은 것을 묻는 기자의 질문에 신라의 거대 고분군을 꼽았다. 나처럼 고도의 옛길을 오다가다 늘 능을 본다면 영감의 열매를 맺으리라. 고대인이 잠든 거대 고분은 작가에게 상상력을 불지펴 주었고, 고고학자를 주인공으로 한 장편 『내 안의 깊은 계단』은 경주를 배경으로 태어날 수 있었다.

경주에 와서 내가 처음 살았던 동네가 거대 고분군이 있는 황남동인 것은 필연이었다. 오래된 기와집들이 골목골목 들어서 담장 너머로 석류와 모과가 익어가는 정겨운 동네였다. 열린 문으로 혹은 대문 틈으로 호기심 많은 아이처럼 들여다보면 집집마다 장독대와 물확이 있고 분재 화분 한두 개쯤은 취향을 보여주듯 놓여 있었다. 획일화된 아파트 문화에 식상한 내 눈에는 향수를 일깨우는 옛 삶의 인간적 풍경이었다. 지금은 중년이 된 경주 토박이들이 소풍갈 때나 먹었다는 황남빵 얘기를 듣고 나도 추억을 훔치듯 다디단 팥소를 대릉원 담장 따라 집으로 돌아오며 먹어보았다. 어느 날은 골목을 걸어가는데 앞서가는 개를 향해 누군가 "또또야" 부르는 소리가 들려왔다. 또또. 예쁜 이름이군, 하고 내가 구상중이었던 동화의 주인공 남자아이 이름으로 정했다. 영감이 날아다니는 신라 궁전 남쪽 동네 皇南洞였다.

이토록 황남동을 좋아했으면서 결국 실질적인 주민이 되지 못한 것은 전적으로 나의 현실 불감증 탓이다. 몇 번인가 이 동네에 집을 사서 눈만 뜨면 능을 보려 했으나 이런저런 이유로 기회를 놓치고 말았다. 집값이 오를 대로 오른 이 한옥지구에도 게스트 하우스 바람이 불어 리모델링한 한옥들이 나의 발길을 멈추게 한다. 이십 년 전 인도를 여행하며 부겐빌레아가 핀 게스트 하우스에서 여주인과 함께 저녁식사하며 여행자들과 즐겁게 담소를 나누던 기억이 있다.

그때 나도 게스트 하우스 주인이 되고 싶었다. 세계의 주민인 여행자들을 맞고 떠나보내는 게스트 하우스의 주인이. 넓은 마당이 응접실 구실을 하여 외국인 배낭여행자에게 인기였던 사랑채는 오십대 부부가 운영했던 황남동 숙박업소 1호였다. 그들은 비수기인 11월엔 늘 한 달간 문을 닫고 스페인으로 라오스로 배낭여행을 떠났다. 온통 여행과 관련된 삶이라 낭만적으로 보였지만 임대한 사랑채가 팔려서 경주를 떠났다. 오래된 것은 다 이렇게 사라진다.

내가 전에 살았던 황남초등학교 맞은편 놋전은 벌써부터 집들이 철거되어 유적 공원이 될 차비를 하고 있다. 해 질 무렵 커피하우스 프리쉐이드(현 교동커피)에서 들판에 솟아 있는 고분과 메타세쿼이아를 바라보면 고도의 아름다움과 환상에 순간 몰입할 수 있을 것이다. 이따금 외국인 단체 관광객이 프리쉐이드 테라스에 앉아 커피를 마시는데, 고도의 빈 들판을 바라보는 이방인의 감동 어린 표정도 명장면이다. 도로 앞으로 대형 트럭이 지나가며 시야를 가리지 않는다면 더없이 좋을 텐데.

　월성을 포함한 왕경지 맞은편에 성악가가 십 년 전 문을 연 커피숍 마리오 델 모나코에선 우아한 클래식을 들으며 촛불처럼 타오르는 밤의 첨성대를 바라보는 호사를 누릴 수 있다. 경주에선 드물게 밤 열한시까지 문을 여니 야행성 손님들이 반긴다.

　첨성대와 절 이름대로 여왕의 향기가 날릴 것 같은 분황사芬皇寺와 황룡사지 목탑은 선덕여왕 대에 지은 트라이앵글이다. 분황사 앞으로 펼쳐지는 드넓은 황룡사지는 폐허의 아름다움을 느낄 수 있는 최상의 장소이다. 금당 초석에 앉아 탑으로는 엄청난 크기의 목탑지를 눈에 넣고 구층탑을 세워보라. 일본과 중화를 비롯해 이웃한 아홉 적을 물리치기 위해 세운 장엄한 탑에서 서라벌 시가지를 바라보면 사사성장 탑탑안행寺寺星張 塔塔雁行, 남산과 부형산, 금강산 등 야트막한 산들로 에워싸인 민가 속에 "절들은 별처럼 벌여 서고 탑들은 기러기처럼 늘어섰다"니 얼마나 장관이었을까.

　"팔십여 미터의 구층 목탑을 한 층 한 층 올라갈 때마다 동경을 바라보면 그 정경이 얼마나 대단했겠습니까. 49대 헌강왕 때 왕이 월상루에 올라가 사방을 둘러보니 수도의 민가들이 즐비했다는 기록이 있어요. 일본 나라奈良의 호류지 오층 목탑에서도 스케일을 느끼는데 구층 목탑은 위대했겠죠. 신라인들에게 굉장한 자긍심을 주었을 겁니다. 그 저력이

로마 말고 세계사에 없는 천 년 왕조를 이루었을 겁니다. 우리는 중국 자금성을 보아도 기 안 죽습니다. 요즘도 관광객이 파리에 가면 에펠탑에 올라가 시가지를 한눈에 둘러보지만 황룡사 구층탑은 에펠탑보다 천이백 년 전에 세워졌어요."

건축가 손명문건환건축사사무소 대표은 이따금씩 황룡사지 목탑지에 가서 경주에서 태어나고 자랐다는 자긍심을 확인한다. 1238년 고려 고종 때 몽고 침략으로 황룡사가 불탔을 때 재가 수십 일 경주의 하늘을 칠흑 같은 어둠으로 뒤덮었다고 한다. 그때 민족의 자긍심도 무너졌을 거다. 몽고가 불태운 건 바로 고려인의 자긍심이며 불교 국가의 지고한 신앙이었을 거라고 그는 짐작한다.

건축가 출신 감독이 만든 영화 〈건축학 개론〉을 보면 주인공인 건축가가 첫사랑의 옛날 집을 리모델링하는 작업을 맡는다. 담을 허물어 거실 통유리로 바다가 한눈에 들어오도록 하고 옥상에 잔디밭을 만들어 제주도의 장소성을 건축으로 표현한다. 이미 사라진 황룡사 구층탑이지만 경주 태생 건축가인 그는 혼자 공상의 복원을 해본다. 정확한 원형 복원이 불가능하다면 세세히 해서는 안 된다. 기둥만 세워서 이 정도였다는 규모만 추측하게 하면 된다. 허허롭게 세우는 가건축이어서 기둥이 꼭 나무여야 한다는 법도 없다. 현대적인 재료를 써도 된다. 기둥으로 윤곽을 세우면 밤엔 레이저를 쏘아 허공에 형태를 새긴다. 어둠이 물러서면 탑도 사라진다. 고도를 고스란히 지키는 것이 필요하지만 이런 식으로 현대를 접목시키는 것도 오늘을 살아가는 건축가의 몫이라고 생각한다.

흑백 인물사진으로 유명한 패션사진의 대가 피터 린드버그가 서울전을 위해 방한하여 흑백사진을 고집하는 이유를 말했다. "현실은 컬러다. 현실을 벗어난 흑백을 사랑한다." 나는 이렇게 바꾸어 말하겠다. "현실을 벗어난 고도를 사랑한다. 현실을 벗어났기에 환상을 주는 고도를." 내가 경주에 사는 이유는 흑백 같은 고도가 환상을 주기 때문이다.

젊은 날 북한산에 올라 나무들이 아치를 이룬 아름다운 오솔길을 가다가 "시장에 갈 때도 이런 길을 걸으면 좋겠다"고 말했다. 십 년 뒤 도심의 황성공원 솔숲을 걸으며 그 말대로 된 것을 알았다. 자연 가까이 살 수 있고 인구 삼십만이 채 안 되는 경주만한 소도시가 내 정서에 맞다. 삼십여 년간 살았지만 서울은 늘 공허했다. 자연과 분리된 채 아파트에서 밀집되어 살아서인지 사람들은 아무 생각 없이 서로 생채기를 내곤 했다. 연금을 받을 수 있는 기간인 이십 년을 채우고 서울서 교사 생활을 정리한 지인은 오십대 중반부터 경주에 자리잡아 텃밭을 가꾸며 하루하루 충만하게 살고 있다. "서울에선 콕콕 찌르는 일이 많지만 여기 오니 그런 게 없어 좋아요." 그녀 말을 백 퍼센트 알아들었다. 나 역시 서울에 가면 만나야 할 사람을 가려서 보고, 영화, 연극 등 경주에 결여된 문화를 채운 뒤 번잡한 도시에서 서둘러 돌아온다.

물론 소도시의 삶이 가끔 권태로울 때도 있다. 그럴 땐 누군가 회를 먹

| 감포 바다 oil on canvas 90×40cm

으러 감포에 가자고 하거나 지중해 스파게티 안 먹고 싶어요? 하고 내가 동행하고 싶은 사람을 꼬드긴다. 지난여름, 지중해 레스토랑의 간이무대에 선 최애가수 이동원의 〈향수〉를 들으며 밤바다를 지켜본 행복감이라니. 바다와 식도락은 가장 쉬운 기분전환 방법이다. 오래전 후배 작가 하성란과 고은주가 경주에 와서 오히려 나를 감포에 데려갔다. 강연료로 받은 거금(?)으로 회를 산다고 떼를 써서. 머리가 지끈거리고 바람을 쏘이고 싶을 때는 바다가 있는 감포로 간다.

물론 특별식은 경주 시내에서 찾아도 된다. 경상도 음식이 맛없다고 알려져 있지만 내가 처음 경주에 올 때만 해도 집집마다 메주를 달아 장을 담그고, 집장이나 누런 낙엽 같은 콩잎을 삭여 내놓아 신기해하면서 맛보았다. 경주 교동법주를 만드는 최 부잣집의 사연지(사연이 많은 김치)와 미나리, 배, 잣과 함께 해삼을 물김치에 띄운 음식도 기억난다. 경상도에 음식 문화가 없는 건 신라가 멸망하면서 귀족들이 음식 문화를 개성으로 가져갔기 때문이라고 전에 윤경열 선생님이 말한 적 있다. 그럴 것이다. 문무왕의 배다른 동생 차득공이 무진주의 관리 안길이 찾아오자 음식을 오십 가지나 차려 잔치를 했다는 기록이 『삼국유사』에 있다.

경주식 고기구이를 즐길 수 있는 동부동 법원 골목의 영양숯불갈비는 서울 사람들과 일본 관광객도 많이 찾는 유명한 식당이다. 경주는 안동과 더불어 한우 생산지로 꼽히지만 양념맛에도 비결이 있다. 숯불구이를 고추장에 찍어 먹도록 소스를 내놓는데 설탕을 안 넣고 조청을 사용하여 부드럽다. 천연적인 단맛이 나서 질리지 않아 중독성이 있다. 다른 데서 맛볼 수 없는 이 집만의 독특한 배합이다. 집에서 만든 된장으로 끓인 된장찌개는 고기의 뒷맛을 개운하게 한다.

이 식당은 경주문화원을 마주보고 있어서 이삼층에 자리잡으면 문화원의 두 그루 거목인 은행나무를 보면서 식사할 수 있다. 경주문화원은 일제 때 조선총독부 박물관 경주분관으로 그 당시 발굴한 금관을 보관했던 근세사가 묻혀 있다. 국립경주박물관의 전신이다. 향토자료관 앞뜰 왼편에는 1926년 일본을 방문했다가 서봉총 발굴에 참여한 스웨덴 국왕 구스타프 아돌프 6세의 방한 기념으로 심은 전나무가 우람하게 서 있다. 조선조 때 관헌이 자리한 유서 깊은 곳에 주춧돌이 놓인 뜰은 점심식사 뒤 일부러 들러 구경할 만하다.

고디다슬기를 끓여 부추와 들깻가루를 푼 고딧국은 경주에 와서 처음 먹어본 음식이다. 내가 어릴 때 학교 앞 점방가게에서 삶은 고디를 양푼에 수북이 담아 팔았는데, 집에 먹을 것이 가득해도 탱자 가시로 빼먹는 고디가 왜 그렇게 맛있었는지, 아이들의 별미였다. 민물에서 잡은 것이라 어느새 자취를 감추었지만 유년의 추억과 들깨가 든 고딧국을 요즘은 저수지가 보이는 충효동 「시골풍경」에서 즐긴다.

파전과 서민적인 보리밥 정식으로 오래된 숙영식당은 대부분 철거되어 비어 있는 황오동에서 혼자 남아 영업을 계속하고 있다. 할머니가 만드는 이 집 된장이 유독 맛있어서 특별히 부탁하여 박경리 선생님이 계실 때 보내드린 적이 있다. 맛있는 된장을 찾으시던 선생님이 대만족해서 즐겁게 다시 보내드렸다. 선생님이 돌아가신 지금도 이 집 된장이 맛있는지는 알 수 없다. 전부터 아들 내외가 도왔는데 할머니는 지금도 잘 계신지.

누가 경주에 사는 혜택을 꼽으라면 한 시간 안에 바다를 볼 수 있는 지리적 여건을 빠트리지 않는다. 바다가 보고 싶으면 부산에 갈 수 있지만 경주에선 문무대왕릉이 있는 대본리와 감포로 가게 마련이다. 경주를 하루치기로 오는 사람도 한나절에 감은사 탑과 문무대왕릉을 보고 돌밭에 발을 적시며 뿌듯해한다. 덕동댐을 지나 잡목이 많은 추령재를 굽이굽이 넘는 길도 아름답다. 태백산맥이 끝나는 지점인데, 수종이 다양하여 가을엔 단풍 색깔이 화려하다. 나도 운전대 옆에 앉아 이 길을 싫증도 내지 않고 많이 오갔다.

한때는 정월 보름마다 방생하는 걸 본다고 대본리 바다를 찾기도 했다. 보름밤엔 무속인들이 군데군데 초를 켜놓고 어둠 속에서 굿을 하는데 그 정경에 사로잡혀 단편 「나는 너무 멀리 왔을까」를 구상하게 되었다. 장편을 애호하여 무려 십사 년 만에 발표하고 이후 드문드문 단편 쓰기를 재개하게 됐으니 다리가 된 작품이다. 고고학자를 주인공으로 한 장편과 함께 경주가 준 영감에서 나왔으니 작가에게 사는 땅은 필연이다.

문무대왕릉을 보았다면 경주의 한 부분인 감포에도 들러보자. 경주 사

람들은 누가 떠들면 "감포항에 멸치배 들어왔나" 말했다 한다. 경주에 고
대가 있다면 감포엔 어업의 근대사가 있다. 1934년 감포항이 개항하자
새로운 어업 기술을 가진 일본인들이 몰려와 조업을 하고 터를 잡아서
밀집 지역이 되었다. 일거리를 따라 노동력이 밀려드니 경기가 좋아져
서 항구에서 바로 앞에 보이는 송대말 등대까지도 택시로 오갔다. 그만
큼 번창했다.

열정적인 두 공무원이 한마음으로 개척한 감포 깍지길 중 해국길을
따라 비좁은 골목을 돌면 벽에 붙어 있는 '안의원'이란 푯말이 보인다. 이
층은 간호사실, 아래층은 진료실이었다. 일본식 건물의 흔적이 보이는
적산가옥 구역에는 이층에 다다미가 남아 있는 집도 있다. 젓갈 창고도
있고 오래된 목욕탕 '신천탕' 굴뚝도 솟아 있다. 지금은 감포대왕 신위를
모셔놓았지만 옛 신사 자리도 그대로다. 경주 시내의 황오동 한옥 골목
이 벌써 무차별로 철거된지라 감포의 근대사가 스민 해국길이 더없이
소중하게 여겨진다.

항구 앞 육거리에 뻗어 있는 큰길을 걸으면 '함마손 분식'과 그 흔한 파
리바게트 대신 감포에서 단 하나뿐인 감포 최가네빵과 액세서리 집 '스
탑' '우리소 정육점'이 늘어서 있다. 가장 많이 보이는 것은 단연 다방이
다. 7.7다방, 수향다방, 항구다방이 다방 박물관처럼 다닥다닥 박혀 있
다. 스타벅스가 아닌 항구 다방이라 아저씨들이 마담을 옆에 바짝 앉히
고 설탕을 휘저어 다방커피를 마시던 70년대의 향수를 일으킨다. 어업

도 당연히 현대화되어 그 시절의 번영은 물러갔지만 멸치 비린내 나는 감포에는 옛날 영화에서 보던 장면들이 아직 살아 있다. 양품점 쇼윈도엔 70년대에나 입었을 촌스러운 옷이 걸려 있고 다방에 들어서면 수영복 차림의 메릴린 먼로 사진이 붙어 있는 어둑한 실내에서 초미니 야한 차림의 아가씨가 창을 내다보며 껌을 씹고 있을 것만 같다.

　감포에선 바다만 볼거리가 아니라 대관음사 감포도량 같은 선원禪院에서 최소의 보시(하루 이만 원)를 하고 며칠이라도 선방 생활을 시도할 수 있다. 선원에서는 작년부터 삼 년간 문을 닫아걸고 참선에 들어가는 무문관無門關을 시작했다. 이십 년 이상 수행한 열두 명 선승이 정진중이다. 삼 년간의 참선은 아무나 할 수 없는 지고의 수련이다. 깨달음을 얻기 위해 생을 거는 도전이 결곡하다. 삼 년의 세월이 결코 헛되지 않으리. 스님들이 참선을 시작하는 결제結制 때에는 일반인도 문밖에 나오지 않고 도시락을 받으며 정진하는 무문관을 체험할 수 있다. 주지 광인스님은 울력이 대단하여 늘 일을 하시는데, 잠시 틈을 내어 자기 변화와 진화에 대한 법문을 웃는 얼굴로 들려주신다. 원고와 씨름하느라 예불도 하지 않았지만 '진화'는 나의 오랜 화두가 아닌가.

　언젠가 도올은 텔레비전 강의중 수운水雲의 생애에 대해 들려주다가 "여러분 경주 우습게 보면 안 됩니다"라고 표정을 바꾸고 말했다. 동학의 창시자 수운 최제우의 탄생지가 경주이기 때문이다. "사람이 곧 하늘"이라는 그의 인간 지상주의적 이념은 도올의 말대로 "기존의 사유체계와 가치관을 완전히 뒤엎는 새로운 논리적 사고라는 측면에서 싯다르타와 통한다" "천주는 우리 자체에 있다"는 그의 사상은 불교에서 말하는 불성佛性과도 비슷하다. 동학은 순수하게 이 땅에서 꽃핀 순정한 종교로서 평등의 새 역사를 열어 전봉준의 갑오동학혁명과 손병희가 주축이 된 3·1운동의 꽃을 피웠다. 신라 멸망 후 경주는 하나의 지방 도시로 쇠락해갔지만 현곡 가정리를 굽어보는 구미산의 정기는 한 선지자를 세상에 보내기 위해 또 구백 년을 기다렸나보다.

『동도시선』『동경시선』은 경주를 방문한 고려, 조선조의 문인들이 월성, 동궁과 월지 등 신라 유적을 둘러보고 감회를 읊은 시 모음집이다. 이것은 일부분이고 전부를 다 모으면 천 편이 넘는다. 불국사에 관한 시만 백여 편이다. 이런 분량만 보아도 경주가 한민족에게 얼마나 중요한 곳이었는지 재인식하게 된다. 생멸의 순환을 보여주는 능들과 폐허의 유적이 자신의 원형을 발견하고 근원으로 돌아가게 하는 동경東京, 신라 지명이기에.

| 새벽 ─ 동해(문무대왕릉) oil on canvas 53×45,5cm

김시습의 고독

│ 용장사지에서

노곤하다고 생각했더니 봄이다. 대낮에도 등을 켜고 책을 읽다가 봄을 맞고 싶어 남산에 가기로 했다. 집에서 멀지 않아 마음만 먹으면 일주일에 한 번 정도는 가볍게 오갈 수 있건만 공연히 마음이 분주하여 작년 겨울에 산길을 밟은 후 가지 못했다.

겨우내 언 땅도 갈무리되어 초봄의 공기를 쐰다. 초록 불꽃처럼 나무마다 움이 돋아 있다. 칼칼한 겨울 공기를 좋아하는지라 흐드러진 듯한 봄은 산만하게 느껴지지만 생명의 환희처럼 피어나는 꽃들을 보면 감탄할 수밖에 없다.

개울을 지나 용장골 초입에 들어서자 산이 시야를 가로막는다. 높지 않지만 수려한 산이 품을 펼치고 있는 듯하다. 남산으로 가는 길이 많지만 내가 가장 좋아하는 코스다. 계곡을 끼고 있어 산보하듯 걸을 수 있고 사람의 발길이 분주하지 않아 때가 묻지 않았다. 지지난 해인가 설 전날 용장골로 들어서려는데 초입에서 산을 보는 순간 이 산이 비어 있다는 느낌이 영감처럼 다가왔다. 인간의 자취가 없어 흙과 물, 햇빛, 바람, 나무만이 숨쉬는 청정한 세계가 오롯이 존재했다. 속세로부터 순수의 세계로 들어서는 찰나였고 홀로 초대받은 듯한 자연과의 대면은 황홀하기까지 했다.

화가와 그의 어린 아들과 동행했다. 작년 여름에 전시회를 하고 앞으로의 작업 방향을 모색하며 경주에 칩거중이었다. 여섯 살 난 어린 꼬마는 첫 등산이라 호기심으로 눈을 반짝이더니 나비를 보곤 "아름답다!"고 일성을 터트린다. 계곡을 끼고 가는 오솔길에는 겨울을 무사히 넘긴 고사리가 바위 밑으로 녹색 잎을 펼치고 있고 산각시 같은 진달래가 여기저기 피어 있다. 눈물을 빛깔로 표현하라면 저 창백한 진달래색이 아닐까. 그리하여 소월 같은 시인은 나 보기가 역겨워 가시는 임에게 "진달래꽃/ 아름 따다 가실 길에 뿌리오리다"라고 노래했을 터이다. 눈물 같은 진달래꽃을.

계속 올라가니 오리나무 가지에 수꽃의 화서가 연두벌레같이 피어 있다. 가지마다 노란 꽃망울이 번져 있는 산수유도 눈에 들어온다. 꽃가루 냄새를 들이마시며 봄 햇살에 반짝이는 계곡물을 바라보려니 아이의 말소리가 꿈결처럼 들려온다. 아름다워, 진달래를 보고도 흘러가는 물을 보고도 아이는 아름다워, 소리친다. 아이가 느끼는 아름다움은 더욱 순일한 듯하여 작은 손을 꼭 잡는다. 어린 예술가의 손이다.

계곡에서 용장사지로 오르는 산길을 눈앞에 두고 산정을 바라보니 용
장사터 삼층 석탑이 아득히 서 있다. 하층 기단이 없이 직접 바위 위에다
상층 기단을 세워 산 자체가 거대한 탑 같기도 하다. 오백 미터가 채 안
되는 높지 않은 산이지만 사십여 개의 계곡과 백여 곳이 넘는 절터와 불
상 들, 팔십여 개의 탑이 있으니 불교도인 신라인들의 꿈의 정토이다.

탑을 목표로 용장사터가 있는 산길로 접어든다. 수양대군의 단종 폐
위 사건으로 충격을 받고 이십대부터 방랑생활을 했던 김시습은 서른한
살에 경주 금오산에 정착하여 칠 년간 많은 시편들과 한국 최초로 남녀
사랑을 주제로 한 소설 『금오신화』를 남겼다. 현실에 대한 반항과 방황
으로 일관한 매월당에게 젊은 시절부터 관심을 가진 터라 남산 용장사
지에서 그의 흔적을 더듬어보곤 감회에 젖었다.

신동이라 소문난 아이를 정승 허조가 찾아와 늙을 노老자를 넣어 시를
지으라 청하니 "늙은 나무에 꽃이 피듯이 마음은 늙지 않았네老木開花 心不
老, 노목개화 심불로"라고 대답한 시습이었다. 이 뛰어난 재주를 세조 찬
탈로 묻어버리고 승려로 기인으로 미친 척하며 세상 밖으로 떠돌았던
김시습에 대해 뒷날 율곡 이이는 이렇게 썼다.

"그 사람은 재주가 그릇 밖으로 넘쳐나 스스로를 지킬 수가 없었던 것
같습니다."

 사실 김시습은 반항으로 보였던 자신의 신념과는 달리 세조의 불교
행사에 두 번이나 불려가 임금의 공덕을 찬양한 시를 바쳤다. 정의로 배
척한 왕에 대한 이 우호는 권력에의 포용일까. 시를 읽은 세조가 시자를
보내 김시습을 서울로 다시 부르려 했으나 병을 핑계로 금오산을 떠나
지 않았다니 그의 성정이 결코 권력 지향은 아닌 듯하다.

 생육신의 한 사람인 남효온에게 보낸 편지에도 "언제나 문을 닫아걸
고 쓸데없이 속인을 만나지 마십시오" 한 것을 보면 김시습이 세속을 싫
어한 것은 분명한 것 같다. 매월당과 허균, 황진이 같은 시대의 아웃사이
더들을 유독 좋아했던 것은 그들의 파격과 자유 때문이었다. 자유, 그러
나 얼마나 엄청난 것인가. 김시습의 자유 뒤에도 처절한 고독이 있었다.

 용장골 골 깊으니 오는 사람 볼 수 없네
 가는 비에 신우대는 여기저기 피어나고
 비낀 바람은 들매화를 곱게 흔드네
 작은 창가에 사슴 함께 잠들었으라
 낡은 의자엔 먼지만 재처럼 앉았는데
 깰 줄을 모르는구나 억새 처마 밑에서
 들에는 꽃들이 지고 또 피는데

 아이가 힘들어하여 바위에 앉아 쉬는데 바람 소린지 물소린지 불현듯
귓가에 밀려온다. 산을 휘도는 소리가 예사롭지 않아 눈을 감고 귀기울

| 길 oil on canvas 65.1×45.5cm

이니 내 혼을 어디론가 이끄는 듯하다. 가까이에서가 아니라 먼 태고로부터 실려오는 듯한 소리, 우리가 태어난 근원, 우리가 돌아갈 근원의 땅에서 불어오는 소리 같다.

아이가 길섶에 핀 민들레를 보곤 또다시 아름다워, 소리치는데 문득 깨닫는다. 자연이 가르쳐주는 근원, 아이는 그것의 아름다움을 본능적으로 예찬하고 있지 않은가.

뿌리로의 귀환

| 계림로에서

　이상 고온으로 4월도 되기 전에 벚꽃이 만개하여 꿈같이 스러지더니 요즘은 계림 앞 드넓은 들판에 노란 물감을 부어놓은 듯 유채꽃이 만발해 있다. 산수유를 시작으로 하여 개나리, 민들레, 갖가지 들꽃까지 눈에 띄는 노랑 일색이고, 무리 지어 성큼 자란 유채꽃이 지면서 여름이 다가서리니 호루라기소리 같은 노랑을 봄의 색채라 말해도 좋으리라.

　유채꽃밭에서는 관광객과 웨딩드레스를 입은 예비 신부가 사진을 찍고 있다. 평일이어서 사람이 많지 않지만 혼자가 될 때까지 꽃길을 걸어간다. 사람들이 길을 내느라 꽃줄기까지 밟혔지만 환상의 색채에 묻혀 뱀 허리 같은 길로 끝없이 가고 싶다.

　오늘은 하늘이 쾌청하지만 며칠 전 황사가 불 때만 해도 마스크를 한 채 능으로 유채밭으로 걸어다녀야 했다. 천고의 세월이 흐르면서 자연

| 계림숲 oil on canvas 116.8×72.7cm

자체로 작은 산처럼 평원에 솟아 있는 고분 풍경은 늘 나를 미소짓게 하고 자연과의 일체감은 나를 행복하게 만든다. 그러고 보면 어릴 때 살았던 침산동에서도 이렇게 자연 속을 헤매고 다니며 즐거워했다. 대구시 외곽의 공장 지대였지만 뒤로는 방천이 흐르고 메뚜기를 잡을 수 있는 들판이 드넓게 펼쳐져 있었다.

사택에도 갖가지 나무와 화초가 심어져 있었고, 나는 탱자나무 울타리 너머로 노을을 바라보며 화단에서 아주까리씨를 따든지 홍초와 키를 겨누든지 방천에 가서 피라미를 잡든지 돌을 주워 공기놀이를 하곤 했다. 학교에선 아이답지 않게 알 수 없는 적막감을 느꼈으나 자연 속에서는 즐겁기만 했다. 그때가 더없이 행복했던 시기로 가슴에 남은 것은 자연과의 친화감 때문이리라. 내 존재의 뿌리가 닿아 있는 자연과의 일체감.

인간은 가문이나 고향, 민족을 자신의 근원이라 생각하고 애착한다. 이것이 뿌리라는 것이다. 80년대에 미국 본토에서 화제를 일으킨 알렉스 헤일리의 『뿌리』라는 소설도 아프리카에서 노예로 끌려온 흑인 조상이 대대로 이어온 그들 가계의 내력을 입으로 전하여 자손이 그 뿌리를 더듬어가는, 흑인의 자기 정체성 찾기에 관한 소설이었다. 책을 읽으면서 노예로 혹사당한 흑인들에게 연민을 갖고 비인간적인 백인들에게 분개하기도 했지만 '뿌리'라는 단어는 여전히 추상으로 여겨졌다.

내 할머니의 할머니를 그런 식으로 더듬어나가면 자기 정체성이 생기는 것일까? 역사상의 인물을 들먹이며 조상이 양반이네 선비네 하며 자긍심을 갖는 사람도 있지만 한국인의 구십구 퍼센트가 양반의 자손이라 믿어 의심치 않는다고 한다. 강감찬이 내 조상이라 한들 그것이 나의 실존과 무슨 상관이 있을까. 대학 때도 소속감을 갖지 못하여 휴학을 했고, 직장생활을 할 때도 마음이 겉돌아 사직서를 내곤 했다.

그렇듯 존재의 불확실성에 방황하면서 성년의 세월을 보내고, 세계도 돌아보고 뒤늦게 경주에 터를 잡은 것은 그야말로 뿌리로의 귀환이 아닐까. 내 근원의 고향인 자연으로. 이십오 년간 살았지만 뿌리내리지 못한 서울이 연옥처럼 떠오르는 것은, 자연과 분리된 삶 때문이리라. 도시의 삶은 늘 나를 허기지게 했다.

오늘 능에는 초록 풀을 비집고 노란 들꽃이 깔려 있다. 바람이 부니 까까머리에 돋아난 풀들이 파르르 물결친다. 어떤 사심도 구속감도 없는 생명들이 우주의 자유를 합창하는 듯하다.

문화는 섞이면서 진보한다
| 괘릉에서

만족하지 못한 상태로 소설 원고를 넘기고 모화행 버스를 탔다. 불현
듯 어딘가로 가고 싶었다. 경주를 벗어나진 못하지만 괘릉이라도 산책
한다면 답답한 가슴이 풀어질 것 같았다.

시내에서 벗어나니 높지 않은 산들이 초록 품을 펼치지만 회색 대기
가 생기를 가라앉힌다. 길가에 트럭을 세워놓고 파는 참외 무더기를 보
면서 봄인지 초가을인지 혼선을 느낀다. 비닐하우스 재배로 언젠가부터
채소와 과일도 계절 없이 출하되지만 한 달 전 인도에서 돌아온 뒤로 이
따금씩 착각을 한다. 열대의 후끈한 대기 속에 있다가 온대지방의 선선
한 기후로 돌아오니 가을만 같다.

주차장에 코란도 한 대가 놓여 있지만 매표소 할아버지는 낮잠을 자
고 괘릉엔 아무도 없다. 능역으로 들어서면 주먹을 쥐고 있는 무인상부

터 눈에 들어오는데, 걷어올린 소매 아래로 굳센 팔의 근육이 드러나 있다. 능을 향해 서면 무인상, 문인상, 두 쌍의 사자가 좌우로 배치돼 있다. 엄숙하게 입을 다물고 서 있는 문인상에 노란 이끼가 끼어 정적靜的으로 보인다.

신라 왕릉 중에서도 무인상과 문인상이 배치된 곳은 괘릉과 홍덕왕릉 뿐이라 다른 왕릉보다 화려하다. 문무왕을 수중에 장사 지냈다는 속설이 있고, 삼국통일을 이룬 대왕에게 걸맞은 호화로운 위세로 괘릉은 일제 때만 해도 문무왕릉으로 알려져 있었다. 괘릉이란 이름은 이곳의 작은 연못에 관을 걸어놓고 흙을 쌓아 능을 만들었다는 속설에서 붙여졌다. 능을 에워싸고 앞뒤로 소나무가 무성하다. 능역에 가장 어울리는 나무인데 직선으로 뻗은 나무는 거의 없고 제각기 용틀임하듯 독특한 곡선을 만들고 있다. 소나무 아래 앉아 담장 밖을 보니 묘판을 실은 용달차가 지나가고 아카시아 흰 꽃이 눈에 들어온다. 경주에선 올봄에 아카시아꽃을 처음 보았다. 번식력이 강한 잡목이라 홀대받지만 청초한 향기만은 일품이다.

언제 안으로 들어왔는지 한 할머니가 무인상과 문인상 앞에서 합장하곤 능을 향해 걸어간다. 이국적인 용모의 무인상이 서 있는 왕릉은 할머니가 기도처로 삼을 만큼 위엄이 있지 않은가. 할머니는 나의 존재를 의식하지 못한 채 절만 하고 가버렸고, 나는 다시 혼자 남아 한순간의 자유를 만끽한다.

천 년이 넘는 세월이 흐르면서 능도 자연 자체가 되어서 보는 이의 마음을 편하게 하지만 그중에서도 괘릉은 분위기가 자유롭다. 이란인과 소그드인으로 추정되는 무인상과 문인상 때문일 것이다. 당나라군에 있었던 서역인의 용맹성이 알려져서 그 상징으로 서역인이 능에 세워졌다는 설도 있고 처용 설화처럼 이국적 용모가 귀신을 물리치는 벽사적 역할을 한다고 여겨 이란인을 능의 수호자로 삼았다고 보기도 한다.

신라의 북방 문화로도 알 수 있듯이 경주는 지금의 한국보다 훨씬 국제적이고 개방적이었던 것 같다. 중세 아라비아 사학자이며 지리학자인 알 마크디시는 966년에 펴낸 『창세와 역사서』에서 신라에 들어간 사람은 그곳의 공기가 맑고 부가 많으며 주민의 성격이 양순하기 때문에 그곳을 떠나려 하지 않는다고 기록했다 한다. 신라인들은 실크로드의 당사자답게 이국 정취에 대한 남다른 감각이 있었다고 말하는 미술사학자도 있지만 이러한 개방성이 경주를 국제도시로 만들고 오늘날의 관광도시로 만들었을 것이다.

언젠가부터 우리는 단일민족이라는 것을 내세우지만 단일이라는 것은 폐쇄적이고 배타적인 냄새를 풍긴다. 몇 년 전 사십육 개국을 대상으로 다른 문화에 대한 적응력을 조사한 결과 한국이 최하위!였다는 놀라운 보고가 있었다. 다른 문화에 대한 이해력과 포용력의 결여이다. 가족 이기주의, 집단 이기주의 등 한국 사회의 부정적 단면도 여기서 자생하는 것이 아닌가. 문화는 섞이면서 진보하고 다양성과 포용성을 갖게 된다. 인도가 자랑하는 타지마할은 무슬림 통치자가 세운 것이고 음악으로도 잘 알려진 그라나다의 알함브라 궁전은 스페인을 보다 신비스럽게, 이국적으로 다가서게 한다. 19세기의 천재 안토니오 가우디의 환상적인 건축도 아랍 문화가 섞인 그들 역사의 바탕에서 창조된 것이 아닌가.

한 후배는 서른다섯 살에 처음 해외여행을 다녀와서 자신이 우물 안 개구리였음을 토로했다. 평상시 돈에 집착하는 사람이라 나는 그녀에게 일러주었다. 돈은 쓰기 위해 버는 것이니 열심히 일하고 그 보상으로 넓은 세계를 여행하라고. 다양한 인생을 보고 겪은 산 경험이 그대를 진화시킬 것이라고.

괘릉에서

헌헌장부는 어디로 갔나

| 동궁과 월지에서

　여름의 문턱으로 들어서며 비가 자주 온다. 식물들을 살찌울 비다. 어제 담장 너머로 복숭아나무에 영근 초록 열매들을 보았다. 이제 복숭아도 태양 아래 무르익어 단물을 올리겠지. 나무의 꿈 같은 풍성한 잎들과 열매.

　5월은 신록의 계절이라더니 시야엔 온통 연녹색이다. 월성의 풀밭엔 어느새 토끼풀이 하얗게 깔려 있다. 토끼처럼 뛰어다니고 싶지만 구두를 적시며 풀밭으로 걸어간다. 토끼풀로 팔찌를 만들어 차던 일은 아득한 옛 추억이나 자연은 인간을 동심으로 돌아가게 한다.

　동궁과 월지에 들어서니 막 학생들이 빠져나간 유적지가 조용히 나를 맞는다. 비에 젖은 풀밭 색깔이 더욱 싱그러운데 비가 오락가락하는 날은 우산을 접었다 폈다 하면서 유적지를 산책하는 것을 즐긴다. 발굴된 화강석 수조를 스쳐 미로처럼 조경된 연못을 따라 걸어간다. 동궁과 월지는 우리의 기억 속에 신라의 마지막 왕 경순왕이 왕건을 위해 잔치를 베풀었던 패망의 역사와 연결돼 있지만 실은 신라 제30대 문무왕이 674년에 궁궐 안에 만든 연못이다. 당시의 이름은 월지月池로, 통일신라가 망한 뒤 세월이 흐르면서 못에 갈대가 자라고 기러기들과 오리들이 날아드니 조선조의 묵객들이 '안압지雁鴨池'라고 부른 것으로 추정된다.

이곳이 정비되기 시작한 1974년 이전에는 경주 시민들이 멱을 감고 낚시도 하고 겨울이면 썰매와 스케이트도 타러 다녔던 추억의 놀이터였다고 한다. 관광지로 단장된 고요한 못엔 나무가 몸을 던진 듯 연두색 물감이 번져 있고 흐린 물밑으로 붉은 잉어가 유유히 누비고 다닌다. 건물 자리 스물여섯 곳이 밝혀지고 삼만여 점의 유물이 출토되었으니 월지 역시 경주의 어느 곳처럼 문화재의 보고였던 셈이다.

저 바닥에서 사람 몸통보다 큰 항아리도 나오고 쇠투구와 비늘 갑옷, 말 재갈, 쇠가래도 나오고 짐승 뼈로 만든 골무와 가리마, 아름다운 꽃문양의 보상화전, 불상 들이 묻혀 있었다. 십구인옹十口人瓮이란 글씨가 목 부분에 음각돼 있는 거대한 항아리는 음식을 저장했던 것으로 열 식구가 겨울을 보내려면 항아리 여덟 개가 있어야 한다는 십구지가팔옹과동十口之家八瓮過冬과 통하는 것으로 보인다. 예나 지금이나 식생활이 생존의 기본임을 보여준다. 쇠투구는 통일신라 때 투구로는 유일한데 통일 이후론 전쟁이 없었기 때문이다. 말과 개, 멧돼지 등과 꿩, 오리, 기러기의

동궁과 월지에서

뼈는 이곳에 진기한 새와 짐승을 길렀다는『삼국사기』의 기록을 뒷받침한다.

　왕릉의 부장품과는 달리 동궁과 월지에서의 출토품은 당시의 생활상을 생생히 보여준다. 참나무로 만든 십사 면의 주령구酒令具는 신라인들의 놀이방식을 알려주는 재미있는 자료이다. 주령구를 굴려서 위에 나타나는 글씨에 따라 행동을 하는 놀이로 시 한 수 읊기, 소리 없이 춤추기, 덤벼드는 사람이 있어도 가만히 있기, 여러 사람이 코 때리기, 술 석잔 한 번에 마시기, 팔뚝을 구부린 채 술 다 마시기, 얼굴을 간질여도 꼼짝 않기 등의 내용이 담겨 있다. '간질여도 꼼짝 않기'를 상상하니 웃음이 비어져나온다. 우리도 이런 놀이를 하면 고대인들의 천진함을 되찾을 수 있을까. 어설프게도 보이는 솜씨로 빚은 신라 토우의 표정은 현대인들이 문명의 대가로 잃어버린 것이 무엇인가를 보여준다.

　꽃가루가 흘러가는 수면을 바라보니 못에는 나무뿐 아니라 하늘도 담겨 있다. 천삼백여 년의 유물만이 아니라 천삼백여 년 동안 지고 뜬 해와 달이 드리워 있고 별똥별도 묻혀 있다. 그 세월 동안 태어나고 소멸한 뭇 생명들의 흔적까지 깃들여 있는 듯한데 수면 위로 불현듯 두 개의 삼층탑이 솟아오르는 환영을 본다. 늠름하고 힘찬 감은사 탑이다. 문무왕이 부처님의 위력을 빌려 왜적의 침략을 막고자 절을 세우다가 돌아가시니 아들인 신문왕이 완성하여 감은사라 이름 짓고 세운 탑이다.

어지러운 시운과 전쟁의 때를 만나 삼국을 통일하고, 칠 년간의 처절한 대항으로 당나라도 물리쳐 백성들을 안도시켰으니 저승에서나 이승에서나 부끄러움이 없다고 말했던 왕. 명계로 돌아간 뒤엔 영웅도 한 무더기 흙더미가 되니 공연히 인력을 수고롭게 하지 말고 불로 태워 장사지내라고 유언했던 왕. 문학기행을 왔던 한 주부가 감은사지를 떠나며 "헌헌장부軒軒丈夫를 두고 가는 것 같다"고 하더니 감은사 탑이 바로 헌헌장부 문무왕 같고 김유신 같고 아름다운 화랑 같다.

권력에 취한 위정자들은 말할 것도 없고 어디서도 헌헌장부를 볼 수 없다. 헌헌장부는 어디로 갔나. 동궁과 월지 뒤로 배반들을 흔들며 기차가 지나가니 수면에 드리운 감은사 탑이 흩어지고 나의 몽상도 깨어진다.

| 새벽—분황사 석탑 oil on canvas 65.1×65.1cm

가득히 비어 있는
폐사지의 아름다움

│ 황룡사지에서

올여름은 지칠 만큼 무더웠다. 잠시 주거지를 옮긴 통영에는 바다가 있어 다른 도시보다 시원한 편이지만 도서관이란 피난처가 없었더라면 건디기 힘들었을 거다. 지붕을 뚫을 듯 폭우가 쏟아지고 태풍이 물러가면서 더위가 수그러들자 경주로 갔다. 연차 휴가처럼 한두 달에 한 번씩 경주에 가는 일은 숨통을 트이게 한다. 톨게이트에서 경주 시내로 들어서면 높지 않은 산과 들판이 펼쳐져 눈이 서늘하다. 안개가 서린 듯한 오릉의 숲은 늘 신비롭고, 들판에 허허롭게 솟아 있는 고분은 나를 무념의 세계로 데려간다. 응축된 시간을 품은 능들이 이지러져 둔덕이 된, 자연의 순환을 보여주는 풍경에는 다른 도시와 차별화되는 깊이가 있다.

몇 달 만에 분황사에 들렀더니 발굴로 인해 출입구가 바뀌었다. 도로 쪽에 임시로 낸 서문을 통해 경내로 들어서니 차 소리도 들리고 약간 어수선한 느낌인데, 짙은 회색 벽돌로 쌓은 삼층 모전탑은 한결같은 안정감을 주면서 객을 맞는다. 선덕여왕 3년634년에 분황사가 창건되었고 12년 643년에 왕이 당에 유학중인 자장을 불러들여 대국통으로 삼았다. 이 시기 신라는 계를 받고 승려가 되려는 사람들이 달마다 늘어날 만큼 불교가 확장되던 시기였다. 그후로 원효가 머물면서『화엄경소華嚴經疏』를 편찬했고 그가 세상을 뜨자 아들 설총이 해골을 부수어 소상을 만들어 분황사에 모셨다. 당대의 고승들이 머물렀던 것을 보아도 당시 분황사의 위상을 알 수 있다. 시간이 흐르면서 규모가 축소되고 탑도 일제 때 해체 수리되었지만, 담 옆으로 배열된 옛 석재며 배롱꽃 핀 뜰이 고사찰의 품격을 유지하고 있어 내가 좋아하는 절이다.

박경리 선생님이 돌아가시던 해 초파일엔 분황사 탑 앞에 영가등을 달았다. 여왕이 창건한 절이고 규모도 화려하지 않아 분황사를 택했더니 하얀 영가등이 아름답게 타올랐다. 정신의 여왕 같은 선생님. 그 몇 해 전 초파일에는 사람들과 함께 분황사에서 탑돌이를 하고 스님의 인도로 캄캄한 황룡사지를 등으로 밝히며 경을 외우고 목탑지를 돌았다. 어둠에 묻힌 빈 들판에서 목탁 소리 들으며 아스라한 별을 바라보니 문득 신라로 돌아간 듯했고, 나는 감동에 몸을 맡기고 경덕왕 때 한기리의 여자 희명希明처럼 소원을 빌었다. 다섯 살의 아이가 눈이 멀자 아이를 시켜 노래를 지어 분황사의 천수대비 앞에서 빌었더니 드디어 눈을 뜨게 되었다지. 모든 진심은 천심에 닿으소서.

무릎을 낮추며

두 손바닥 모아

천수관음전에

기구의 말씀을 드리노라.

—『삼국유사』중에서

황룡사지로 나서니 초입엔 온통 황하코스모스가 흐드러져 있다. 긴 꽃줄기들이 태풍에 휩쓸려 제멋대로 뉘어지는 풍경이 황홀하다. 이 땅이 비어 있지 않다면 야성의 식물인들 몸을 붙이겠는가. 이것이 폐허의 미덕이리라.

오솔길 왼편 빈터엔 옥수수, 깨, 고추 농사를 하여 아주머니들이 거둬들이고 있는데, 붉게 영글어가는 고추 위로 잠자리가 날아다닌다. 가을이 머지않아 오리라. 매미 소리도 스러지고 여름이 가면서 우리의 삶도 흘러간다.

남산을 마주보며 걸어가니 동쪽으로 승방지僧房址와 강당지講堂址, 금당지金堂址가 너른 들판에 펼쳐져 있다. 승방지엔 누가 떨어트렸는지 빨간 실뭉치가 꽃처럼 흩어져 있다. 토끼풀은 언제 봐도 무성한데 이날까지 단 한 번도 네잎클로버를 발견한 적이 없다. 행운은 희귀하지만 초석만 깔려 있는 신라의 빈터는 언제 와도 너른 품으로 안아준다. 시간이 할퀴고 적국의 말발굽이 짓밟았어도 뿌리박힌 초석만은 어쩌지 못했다. 어떻게 다진 터인가! 신라 24대 진흥왕 14년553년에 궁궐을 월성 동쪽에 지으려는데 황룡이 나타났다 하여 고쳐 절을 창건하고 이름을 황룡사라 하였다. 주위에 담장을 쌓고 십칠 년 만에 공사를 마쳤으며, 574년에 무게 삼만 오천여 근 되는 장육존상과 두 보살상을 금동으로 만들었다. 아홉 나라의 적을 물리치고자 세운 팔십여 미터의 구층 목탑은 선덕여왕 14년645년에 세웠으니 4대 왕에 걸쳐 구십삼 년 만에 대역사를 마무리한 신라 최고의 국가 사찰이었다.

그 규모는 1970년대에 팔 년에 걸친 발굴 조사에서 금동불입상 등 사만여 점의 유물과 높이 백팔십이 센티미터 대형 치미전각, 문루 등 전통 건물의 용마루 양쪽 끝머리에 얹는 장식 기와로 클수록 건물도 크다가 출토됨으로써 입증됐다. 더욱 놀라운 사실은 본래 늪지이던 땅에 오 미터 깊이로 자갈과 흙을 번갈아 다져 판축했음이 밝혀진 일이다. 경내만 이만 사천여 평이 되는 드넓은 터를 신라인이 지름 칠 센티미터의 봉으로 일일이 다진 자국이 드러났는데, 불심의 봉 자국으로 덮인 땅이라니. 황룡사지에 서 있으면 경건하기까지 하다. 나는 영혼을 과연 얼마나 다졌던가? 저 높은 곳을 향한 신라인의 치열한 불심을 생각하면 부끄럽기까지 하다. 역대 왕이 나라에 큰 행사가 있을 때마다 강당에 행차하여 백여 명의 고승이 모여 강론하는 백고좌강회百高座講會를 열었는데, 자장과 원효 같은 대승이 강의한 신라 정신의 산실은 이렇게 만들어진 것이다.

해가 스름스름 물러가는데 목탑지의 초석에 손을 대니 온기가 전해진다. 태양이 사라지지 않는 한 이 온기도 영원히 전해지리라. 1960년대에 목탑의 사리 장치가 도난당했으나 다행히 이 년 뒤 회수되어 탑에 얽힌 역사가 다시 입증되었다. 경문왕 12년872년에 탑을 헐고 다시 세우면서 '만겁이 지나도록 후세 사람들에게 드러나도록' 그 내용을 『찰주본기刹柱本紀』에 적어 사리와 함에 넣었다. 목탑은 1238년 몽고 침략고려 고종 25년 때 불타면서 그 재가 수십 일 동안 하늘을 칠흑 같은 어둠으로 뒤덮었다고 한다. 손댈 수 없는 불길의 위력조차 장엄했을 터인데, 파괴의 역사 속에서도 굳건히 자리를 지킨 초석엔 '만겁이 지나도록' 선조들의 꿈이 고스란히 깃들어 있을 것이다.

이제야 알겠다. 경주의 깊이란 다름 아닌 황룡사지의 봉 자국에 묻은 신라인의 정성과 깊은 염원이라는 것을. 분황사 탑에 서린 한기리 여자 희명의 간절한 기도라는 것을. 비록 후손들이 이익에 눈이 어두워 고층 아파트를 마구 세우고 유산을 손상했지만 돌 틈에도 살아 있는 그 숨결 때문이라는 것을.

기러기처럼 탑들이 늘어설 만큼 신라 시절 남산엔 수많은 절들이 있었다. 타임머신을 타고 그 시절 남산의 밤길을 더듬는데 순간 기차가 들판을 가로질러오면서 시간을 동강낸다.

황룡사지에서

달이 뜨면 밤에는
늑대가 운다

│ 대릉원에서

비어 있는 북천변에 천연 잔디 축구장을 조성한다고 한다. 읍내같이 조용한 천년 고도와 스포츠, 전혀 어울릴 것 같지 않지만 경주가 신라 화랑의 모태임을 생각하면 선수들이 심신을 단련하는 상징적 장소로 이보다 좋은 곳은 없을 듯하다. 그뿐인가. 한국 사서에 기록된 최초의 공놀이도 이곳 경주에서 벌어졌으니 축구와도 무관하지 않다. 『삼국유사』 「태종 춘추공」 편에는 김유신이 집 앞에서 김춘추와 공차기를 하다가 일부러 춘추공의 옷자락을 밟아 누이 문희와 인연을 맺게 하는 대목이 나온다. 공놀이로 인하여 문무왕이 잉태되고 삼국통일의 위업이 완성됐으니 스포츠가 역사를 만든 대사건이라 할 만하다.

작업에 진전이 없고 마음도 산만하여 밖으로 나선다. 날이 선선하면 김유신이 화랑 시절 수련했다는 단석산에라도 올라가고 싶지만 더워서 자신이 없다. 시원한 곳이 없을까 생각하니 법흥왕과 화랑들이 다녀간 천전리의 대곡천大谷川이 떠오르지만 멀어서 포기한다. 말을 타고 소풍 간 천전리의 고즈넉한 강가 암벽엔 법흥왕과 왕비, 진흥왕, 승려, 화랑들의 이름까지 새겨져 있는데 고대 신라인들의 흔적이 바로 이웃들의 낙서 같아 감회가 일었다. 한 친구는 "이렇게 바위에 이름자를 새기는 게 먼 조상 때부터의 한국인 버릇이구나" 하여 일행을 웃겼지만, 법흥왕과 화랑들은 암벽에 새긴 그들의 이름을 오늘날 후손들이 발견하리라고 상상이나 했을까.

대릉원 담을 끼고 걸어가다가 담 너머 솟아 있는 능을 흘끗 보니 이름 모를 풀들이 초여름 태양 아래 은빛으로 나부끼고 있다. 강아지풀보다는 길고 억새와 같은데 처음 보는 풀 종류이다. 무리를 이루어 또 듬성듬성 솟아 하얗게 한들거리는 가녀린 식물이 고분과 그럴 수 없이 잘 어울린다. 뚝새풀일까, 쇠뜨기일까, 혼자 이름을 찾아보다가 가까이서 보고 싶어 대릉원으로 들어선다.

이제 6월 초인데 한여름처럼 후끈하다. 소나무숲이 그늘을 드리운 오솔길로 걸어간다. 오솔길에 깔린 블록은 정취가 없으나 숲길은 길 자체로 늘 아름답다. 나무를 만나러 숲을 산책할 때마다 곽재구의 시 「나무」가 떠오른다. "이렇게 등이 굽지 않은/ 언어들은 처음 보겠구나/ 이렇게 사납지 않은/ 마음의 길들은 처음 보겠구나".

굽이치는 송림 위로 구름이 떠가는데 그 부드럽고 자유로운 리듬은

천의무봉하다. 요즘은 길을 가다가도 구름을 만나면 걸음을 멈추고 지켜본다. 드넓은 하늘에 펼쳐지는 구름의 멋진 안무도 경주에 와서야 발견했다. 한밤에 마당에 나와 지붕 위로 변화무쌍하게 흘러가는 구름을 보노라면 우주의 한가운데 서 있는 듯했다. 생명의 신호인 양 매 순간 변하지만 경망하지 않고, 한계를 벗어난 그 자유의 경지는 초월적이다. 옛 선사禪師들은 저 구름 같은 영혼이 되기 위해 도를 닦았으리라.

대릉원은 경주 고분 중 가장 큰 황남대총을 비롯하여 이십여 기의 고분이 밀집한 능원이다. 17대 내물왕부터 22대 지증왕까지 김씨 왕과 왕족들이 묻힌 곳으로 알려져 있다. 박·석·김 세 성씨가 신라 왕위를 이어왔지만 김씨 왕들이 신라를 국가로 만들고 삼국통일까지 하여 고려, 조선조로 이어져 오늘의 한국이 존재하니 대릉원은 우리의 뿌리요 원형이라 할 수 있다.

김씨 왕이 등장하면서 만들어지기 시작한 이 거대 고분들은 목곽 위에 돌을 높이 쌓는 '적석목곽분'이란 형태의 묘제로, 기원전부터 유목민의 터전인 중앙아시아에 산재해 있었다. 김씨 왕 무덤에서 갑자기 쏟아진 금과 마구 등 많은 유물들도 유목민 문화를 보여주는데, 거대한 민족 이동기였던 4세기 중엽에 기마민족들이 경주에 온 것으로 고고학자들은 추정하고 있다. 더 구체적으로 흉노라고 지적한 학자들도 있다.

신라 김씨 왕조가 유목민이라는 학설을 접하고 느낀 신비로움이라니.

그것은 나의 정체성에 대한 확인이었다. 자연과 자유를 사랑하는 나의 본성에 유목민의 피가 흐르는 것일까. 그래, 대릉원의 담 밑을 지나갈 때마다 습습한 건초 냄새를 맡으며 자기 문명에 소외되지 않았던 유목민인 나의 전생을 상상하곤 했다.

미추왕릉을 지나 안쪽으로 걸어가니 한 고분에 새끼 억새 같은 풀이 하얗게 뒤덮여 있어 그 앞에 앉는다. 멀리 뒤편에 한 쌍의 중년 남녀가 양산 아래 앉아 긴 얘기를 나눌 뿐, 사람 발길도 뜸한데 새들이 한가로이 날아간다. 나는 어디로부터 와서 어디로 가고 있는 것일까. 눈으로 새를 뒤쫓으며 뇌까리는데 청설모 한 마리가 고분 뒤로 달려가고 있다. 다람쥐야, 다람쥐란 단어에 김춘수의 아름다운 시 한 편이 떠오르는데 '흉노'란 제목이 설렘을 준다.

> 도토리나무 어깨가 떨리고 있다.
> 정사 북적전正史 北狄傳.
> 도토리는 음산산맥 이쪽
> 만리장성 이쪽
> 시황제 발등에도 우수수 우수수
> 떨어지고 있다.
> 다람쥐야 다람쥐야 뭐가 그리 이상하냐,
> 푸줏간 식칼은 뒤로 실컷 휘고
> 가도 가도 하늘은 황샛빛이다.

대릉원에서

달이 뜨면 밤에는 늑대가 운다.

고대의 궁궐터는 산책자를
몽상에 잠기게 한다

| 월성에서

삶의 한순간도 같을 수는 없지만 반복되는 하루하루가 권태로울 때도 있다. 작업이 풀리지 않으면 더욱 그렇다. 목표가 없다면 몰입이 없다면 시간은 얼마나 무의미할 것인가. 공부도 일도 사랑도 다 시간의 무의미 ─권태에서 벗어나기 위해 몰입하는 것이 아닐까.

더위에 정신까지 멍해진 것 같아 오늘도 산책에 나선다. 자연은 영혼의 치료사가 아닌가. 경주에는 도심에 능이 산재해 있어 쉽게 숲을 찾을 수 있다. 경주에 사는 혜택이리라.

며칠 서울에 다녀왔더니 그사이 능역이 더 푸르러진 듯하다. 비가 와서 초목이 무성해졌나보다. 계림숲도 우거져 여름의 비경을 보여주는데 그 앞으로 펼쳐진 들판엔 누런 유채 줄기만 볕에 탄 듯이 메말라 있다. 봄엔 노란 꽃들이 눈부시게 번져 있더니 폐허가 된 유채밭 위로 수십 마리의 잠자리가 날아다니고 있다. 이제 7월 초순인데 여름에 이렇게 많은 잠자리를 본 기억이 없다. 서울 같은 대도시에선 곤충을 보기 힘들어서 잠자리나 메뚜기같이 어릴 때 많이 보았던 곤충들은 추억을 떠올리게 한다.

초등학교 때 여름방학이면 곤충채집을 하러 잠자리채를 들고 들판으로 다녔다. 외계인 같은 통방울눈과 투명 그물 같은 수평의 쌍 날개를 아이들 누구나가 좋아했지만 물가에서 햇빛에 날개를 반짝이며 민첩하게 나르는 모양이며 붉고 푸른 색채를 띤 가냘픈 몸체는 시심을 일으킬 만큼 매혹적이었다.

지난해에 하워드 E. 에번스의 『곤충의 행성』이란 책을 사서 목차를 보는데 '하늘의 용'이란 문구가 눈에 띄었다. 페이지를 펼쳐보니 과연 잠자리가 맞았고 나는 반딧불이와 도마뱀을 제쳐두고 그것부터 읽었다. 저자의 추억에 의하면 서양 아이들은 잠자리가 귀를 꿰맨다고 '재봉바늘'이라 부르기도 하고 뱀에게 위험이 닥치면 잠자리가 경고를 해준다는 믿음으로 '뱀의사'라 부르기도 했단다. 일본에는 세계에서 단 하나뿐인 잠자리 전문잡지 『돈보』가 있다니 잠자리는 동서에 걸쳐 인간을 매료시키나보다.

공룡이 지구를 지배하기 전부터 존재했던 잠자리. 잠자리의 겹눈은 무수한 홑눈이 모여 이루어진 것이고, 하나하나의 홑눈은 시각과 신경

| 새벽-경주 oil on canvas 65.1×65.1cm

단위들로 이루어져 삼십칠 미터 떨어진 곳의 움직임도 간파한다. 언젠가 밤에 첨성대 뒤편을 산책하다가 나뭇잎 여기저기 붙어 날개에 이슬을 얹고 자는 잠자리 무리를 보니 귀엽기도 하고 애처롭기도 했다. 아이도 잡을 수 있는 이 곤충이 "내려다보는 모든 것들의 제왕"으로서 사방팔방을 살피며 이억 년 이상 생존해왔다니 놀랍기도 하다. 『돈보』의 공동 저자인 세 명의 곤충학자는 "이 동물은 인간의 경제에 거의 어떤 영향도 미치지 않는다"라는 말로 매듭짓고 이렇게 덧붙였다고 한다. "동물들(특히 잠자리들!)은 아름답기에 소중하다."

산이라기엔 낮은 월성 둔덕을 오르내리며 늘 가던 오솔길을 따라가니 억새 잎들이 내 키만큼 자라서 시야를 가린다. 월성은 사철 풍경이 다 달라서 올 때마다 감탄하지만 억새 잎이 하늘을 향해 솟은 여름 수풀도 멋지다. 태양 아래 한껏 제 생명을 태우며 사명을 다하는 식물의 아름다움. 억새 잎줄기엔 무당벌레가 기어가고 까만 물잠자리 두 마리도 풀잎에서 쉬고 있다. 온통 초록 일색인 들판에 흰 물감을 뿌린 듯 여기저기 흐드러진 개망초가 눈을 서늘하게 한다.

월성을 경계 짓는 둔덕을 따라가니 아래로 남천이 보인다. 봄엔 만발한 벚꽃이 봄눈처럼 흩날려 선경仙境을 펼치는데, 비가 온 뒤여서인지 모래의 결과 이끼가 보일 정도로 물이 맑다. 원효가 요석궁으로 건너간 유교는 흔적이 없고 예나 지금이나 냇물만 한결같이 흐르고 있다. 초승달 모양의 월성은 발굴 결과 21대 소지왕 때부터 왕들이 살았던 것으로 밝혀졌는데 성 둘레엔 도랑처럼 판 해자도 있다. 해자를 발굴할 때 7세기 후의 유물이 출토되지 않아 문무왕 이후에 군사용 시설로는 더이상 사용되지 않은 것으로 추정하고 있다. 삼국통일 이후 적을 방어할 필요가 없어졌기 때문이다. 역사란 '자기 지키기'의 기록에 다름 아니다.

신라 궁궐은 흔적도 없지만 4대왕 석탈해 설화가 꿈의 유산으로 살아 있다. 용성국 왕비가 칠 년 만에 낳은 큰 알에서 신이한 사내아이 탈해가 태어나고, 탈해는 궤짝에 넣어져 계림 동쪽 아진포에 닿았다. 탈해는 성 안의 살 만한 땅을 찾다가 초승달처럼 생긴 이곳에 정착하고자 호공의 집 옆에 숫돌을 묻었다. 다음날 가서 "우리 조상은 원래 대장장이로 이 집은 우리 할아버지 적 집"이라 우기고 결국 숫돌을 파헤쳐 집을 빼앗아 살게 되는데 영특한 자가 탐낼 만큼 좋은 땅이었으리라.

월성에서 서쪽으론 선도산, 서남쪽으론 솥뚜껑처럼 솟은 별뜬산, 남쪽으론 남산, 북쪽으론 금강산이 바라다보이니 사방의 풍광이 아름답다. 폐허의 궁궐터엔 천 년이 지난 지금도 옛 왕국의 신비가 서려 있어 산책자를 몽상에 잠기게 한다.

박물관이 내려다보이는 산등성이로 오르려다 밤나무 숲을 가로질러 간다. 여기도 사람들이 다녀서 오솔길이 나 있는데 채 썩지 않은 지난겨울 낙엽이 여기저기 쌓여 있다. 늦가을이나 초겨울 잎 떨어진 나목 아래로 낙엽이 적갈색 융단처럼 깔려 있는 숲의 풍경은 황홀하기까지 하다.

월성에서

11월의 갈색 숲을 가장 사랑하지만 막 싹이 피어나는 초봄의 연두 숲도 어여쁘고 왕성하게 뻗어가는 진록의 여름 숲도 보기 좋다.

숲 어귀를 언뜻 보니 금빛 꽃들이 무리로 피어 있어 눈을 떼지 못한다. 황국도 아닐 테고 달리아인가? 자잘하게 핀 들꽃 같기도 하고 빛깔이 환상적이다. 이끌려 다가가니 꽃은 보이지 않고 이름 모르는 잡초 위로 오렌지빛 햇살이 깔려 있다. 빛을 따라 앞을 바라보니 붉은 석양이 산등성이에 걸려 있다. 여름이라 날이 아직 밝지만 석양이 하루를 거두어가려고 금빛 그물을 펼치고 있다. 이 순간의 평화를 놓치지 않으려고 빛이 사라져가는 하늘 아래 누우니 선인이수인李樹仁, 경주 출생 조선조 영·정조 때 학자의 옛시가 절로 떠오른다.

서라벌 웅장한 도읍 공적을 이뤘으나
오늘 유적은 이름만 남아 있네.
황량한 성터 차가운 별빛 하릴없이 빛나고
반달은 여전히 옛 성곽에 기댄다.
오십대를 이어온 왕조, 사람은 모두 떠나고
일천 년 역사는 새들이 지저귄다.
석양에 외로운 객 천천히 말을 모니
어디선가 바람에 실려오는 옥적소리.

공유지엔 텃세가 없다

| 산림환경연구소에서

지난겨울 드디어 내가 좋아하는 남산 쪽으로 이사했다. 집이 너무 좁아서 불편했으나 작업 때문에 계속 미루다가 장편소설『미불』을 탈고하고 육 년 만에 미련 없이 거처를 옮겼다. 전에 살던 집에선 대문만 나서면 이내 능원이 펼쳐져 드넓은 동부사적지가 내 정원 같았건만 남산 쪽으로 이사 오니 능을 볼 수 없어 서운하다.

그러나 남산에는 신라인들의 염원 같은 불상들이 산재해 있고 배반들이 한눈에 펼쳐져 가슴마저 트이는 듯하다. 또 수백 종의 식물이 자라는 산림환경연구소가 가까이 있어서 산책하기에 더없이 좋다. 전부터 식물에 관심이 많아 광릉수목원에도 가보고 식물도감도 보았지만 연구소엔 초목마다 이름 푯말이 박혀 있어 현장에서 공부하는 셈이다.

마을에 들어서면 개울을 끼고 오솔길이 나 있는데 장마에 물이 불어

| 새벽-경주 oil on canvas 53×33.3cm

세차게 흐른다. 왼쪽 야산엔 대나무가 제법 우거져 잎이 허공을 가린다. 한 달도 전 6월에 뒷산을 헤매며 죽순을 잘라 왔다. 이따금 시장에서 삶은 죽순을 보면 사왔지만 내가 손수 죽순을 뽑아본 것은 처음이다. 대학 졸업 후 이십대에 지리산의 암자에 두 달간 머문 적이 있는데 그때 죽순 반찬을 처음 먹었다. 어찌나 맛있던지 다른 반찬은 손도 대지 않고 죽순만 먹었던 기억이 난다.

죽순에 관심을 가져서인지 그즈음 청나라 사람 심복沈復의 자서전인 『부생육기浮生六記』란 책에서 심복이 죽순으로 끓인 국을 두 그릇이나 비웠다는 얘기를 읽게 되었다. 과연! 하고 동감했더니 맛은 좋으나 사람의 피를 말리는 거라고 만류하는 대화가 나왔다. 사는 것도 글쓰는 일도 피를 말리는데, 피를 말리는 음식이라니. 그뒤로 외면하다가 경주에 와서 시골 할머니들이 장에서 파는 죽순을 보고 추억을 음미하듯 조금씩 맛보았다.

「덧없는 인생은 꿈만 같아浮生若夢」란 이백李白의 시에서 '부생'이란 제목을 따왔다지. 꽃꽂이에 벌레를 배치하라고 조언하는 아내, 여름이면 작은 비단주머니에 엽차를 싸서 저녁에 오므라든 연꽃의 화심花心에 두었다가 다음날 아침 꺼내서 차를 끓여 향을 즐겼던 아내, 예쁜 기생을 남편의 첩으로 삼으려고 자매 결의를 한 아내. 이토록 사랑스런 아내 운芸을 병으로 먼저 떠나보내고 심복은 인생의 덧없음을 처연하게 느꼈던 것 같다.

그 아내 운 같다고 내가 말했던 어느 시인의 다감한 아내를 떠올리며 (그들은 안녕하신지!) 연구소 건물 가까이 다가가니 배롱나무에 핀 진분홍 꽃무리가 시야에 들어온다. 남산 쪽으로 처음 이사 왔을 때 사슴뿔같이 뻗은 겨울나무를 본 기억이 있는데 어느덧 여름이구나! 책장처럼 넘어가는 시간, 『부생육기』를 읽은 내 젊은 날을 생각하니 이십여 년이 흐른 이 순간도 꿈인 듯 덧없다. 정말 긴긴 꿈을 꾼 것만 같네.

연구소에서 정문을 향해 뻗은 도로 좌우로 가이즈카 향나무가 가로수로 심겨져 있다. 가지 끝에만 잎이 몽글하게 모여 가지의 선들이 드러나니 화가가 그리기 좋겠다. 오른쪽으로 난 오솔길로 걸어가자 섬잣나무가 먼저 눈에 띈다. 침엽수지만 가지 끝에 모인 작은 잎 무리가 아기자기하고 선線적이라 잣나무보다 여성적이다. 승려 충담이 서리조차 아랑곳하지 않는 잣나무에 비유하여 '아으 잣가지 높아……'라고 기파랑을 찬미한 향가나, 효성왕이 왕위에 오르기 전 신하 신충과 바둑을 두면서 잣나무에 대고 맹세했다는 가사를 보면 선조들도 잣나무를 고고한 남성의 상징으로 여겼음을 알 수 있다. 가족도 성과 개성이 다르듯이 같은 종의 나무도 남매처럼 형상이 다르다.

갈기조팝나무, 꼭지윤노리나무, 이팝나무, 산뽕나무, 명자나무, 회화나무, 때죽나무, 구골목서, 산수유나무, 산사나무 등의 이름들을 푯말에서 읽으면서 걸어가니 약용식물원이 나온다. 수직으로 뻗은 보라색 꽃무리가 눈에 들어와 푯말을 보니 '부처꽃'이다. 안압지 옆 들판에 심어놓

산림환경연구소에서

은 보라색 꽃무리가 아름다워 차를 타고 지나다니면서 감탄했던 바로 그 꽃이다. 산어혈, 강근골에 쓰인다. 맞은편 화단에 '미치광이'란 약초도 있는데 정신착란, 진통에 쓰인다고. 편백나무 잎같이 빳빳한 풀줄기가 땅에 솟아 있는 식물 형태는 평범하건만 용도 때문에 미치광이란 이름이 붙었을까? 얼마 전 산림연구소 숲을 산책하다가 열녀목이란 이름을 가진 묘목을 보곤 혼자 웃었다. 남편을 그리워하다가 죽은 부인의 무덤에서 저 나무가 자랐나보다. 할머니 무덤에 핀 할미꽃처럼.

해열제로 쓰이는 수국, 타박상과 소화불량에 처방하는 해당화, 소염작용을 하는 패랭이꽃도 심어져 있고 쌈으로 먹는 머위도 기관지염에 쓰이는 약초로 분류돼 있다. 흔히 보는 보라색 꿀풀이 이뇨를 돕는 하고초夏枯草라는 것도 알았다. 감기, 고혈압 치료제인 골담초도 들어본 이름이어서 작은 잎을 만져보니 가시가 있다. 잎 끝이 가시처럼 뾰족한 호랑가시나무도 부근에 있지만 장미, 며느리밑씻개 같은 풀도 가시를 가지고 있다. 얼마나 며느리가 미우면 그런 이름을 붙였을까. 식물의 가시도 생존과 번식에 유리하도록 자기방어용으로 진화된 것일까? 사람의 가슴속에도 공격과 방어의 가시가 숨어 있다.

대로로 나와 왼편으로 난 오솔길로 들어서며 또다시 나무 이름을 외워본다. 꽃아그배나무, 중국굴피나무, 가래나무…… 안으로 들어서니 거대한 나무가 무리를 이루어 보다 야성적인데 잎이 무성한 메타세쿼이아란 나무다. 처음 산림환경연구소에 왔을 때 한아름도 넘는 우람한 나무가 열 지어 늘어선 풍경이 눈을 사로잡았다. 불꽃처럼 위로 뻗은 잔가지 사이로 겨울 하늘이 걸려 있었고, 칼칼한 대기 속에 본질로만 서 있는 거목은 거의 영웅적이었다. 나무 크기에 비해 잎은 자잘한데 잎이 무성하니 메타세쿼이아의 대륙적인 힘도 개성도 사라지는 것 같다. 나무의 진면목은 잎이 떨어진 겨울에 볼 수 있다.

황벽나무 앞에 다시 선다. 가지는 굵지 않고 잎은 아카시아 비슷한데 가지 끝에 모인 초록 잎들이 하늘에 그물처럼 드리워 있다. 허공에 뻗은 나무의 선이 서늘한 느낌을 준다. 나무의 아름다움은 역시 선에 있는 것 같다. 한국인이 유독 손꼽는 소나무의 기품도 그 절묘한 선에 있는 것이 아닐까.

신갈나무, 이나무, 갈참나무, 말채나무, 괘불나무를 지나 숲을 계속 걸어가니 더할 나위 없이 마음이 편하다. 자연의 숲이라도 여기가 사유지라면 혹은 입장료를 내야 하는 유원지나 수목원이라면 이렇게 편할 수만은 없다. 문 닫는 시간에 쫓겨야 하고 심적으로 제약을 받는다. 저택의 정원이 아무리 아름다워도 내게 휴식을 주지는 않는다. 소유된 땅에는 어딘지 텃세가 있다. 사시사철 모든 이를 위해 열려 있고 관람의 대가를 청하지도 않는 산림연구원 같은 공유지엔 텃세가 없다. 그래서 편한 거다. 인류의 전쟁이란 것도 무기 같은 과학의 발달과 텃세의 합작이라지 않는가.

숲을 디귿자로 돌아가니 일꾼으로 보이는 두 아낙이 그늘에 앉아 점심을 먹고 있다. 가까이 다가가자 "밥 같이 들어요" 하고 권한다. 드시라고 인사하고 반찬을 보니 한 사람은 김치, 나이 많은 아낙은 미역냉국과 지짐을 퍼놓았다. 그야말로 가난한 서민의 밥상이다. 지나가려다 품삯을 물어보니 일당 이만이천 원이라고 알려준다.

"아침 여덟시부터 저녁 다섯시까지 땀을 콩죽같이 흘리고 일해도 이래요."

전에 아낙네들이 능 위에서 잔디 깎는 정경을 보고 나도 일용직으로 능의 잔디를 깎아보고 싶었다. 서정의 풍경으로 보였다. 콩죽 같은 땀을 흘리고 노동해보지 않은 자의 배부른 객담이었나보다. 평균 장당 만 원인 원고료가 십 년 전과 같다고 누구보다 불평하지만 이들에게 미안한 마음이 든다. 그러나 문학으로 치부한 적 없고 불로소득을 얻은 적도 없고 나 역시 작업에 보상이 있었던가 회의하는 소설가라 인생의 불공평에 대해선 동감할 수 있지 않을까.

정문 밖으로 나서서 차가 다니는 대로를 건너 맞은편의 산림연구소로 들어선다. 수로를 끼고 습지 생태원도 있고 분재를 파는 비닐하우스와 묘목을 가꾸는 정원도 있다. 언젠가 분재 전시회를 보고 나도 분재를 키워보려고 이곳에 사러 온 적이 있다. 소나무 묘목에 철사를 고정시켜 임의로 성장을 조절하는 것을 보고 키울 자신이 없어 포기했지만 한 임학자의 저서를 보니 죽지 못해 사는 것이 분재라고 했다. 자생력으로 성장하는 것이 아니라 사람의 뜻에 따른 형태의 생을 유지해야 하니 맞는 말이다. 인간의 공력으로 조형의 아름다움을 갖춘 분재도 분명 있지만 생물을 괴롭히면서 분재를 관상하고 싶지는 않다. 사람이든 식물이든 죽지 못해 산다고 말하면 슬프지 않은가.

주말엔 제법 많은 사람들이 찾아오지만 오늘은 월요일이라 주차장도 비어 있고 야생초화류 화단엔 아무도 없다. 울타리에 늘어선 치자나무에 어느새 꽃이 져 유혹적인 향도 더이상 맡을 수 없다. 탐스런 작약도 지고 크림색 양산같이 펼쳐진 왜당귀꽃도 시들고 도라지와 범부채꽃, 봉선화, 크레용으로 그린 듯 선명한 백일홍이 매미 소리가 울리는 화단에서 여름 무도회를 펼치고 있다. 전엔 싫어하는 계절로 여름을 꼽았으나 생명이 만개하는 계절을, 그 열창을 사랑하게 되었다.

뙤약볕에 나팔꽃도 몸을 숨기듯 잎을 오므리고 있다. 벤치가 있는 등나무 그늘 아래로 걸음을 옮기니 연못이 눈에 들어온다. 녹색의 연못에는 군데군데 수련이 떠 있다. 수련 세 송이가 피어 있는데 연노란색이다. 하얀 수련의 청초함은 인간을 감동시키지만 노란색도 어여쁘기만 하다. 잉어 몇 마리가 물밑으로 헤엄치며 다닌다. 검은 물고기가 수련 밑으로 미끄러져들어가니 수련들이 파도를 타듯 일렁인다. 물고기도 더워서 수련 잎 그늘 아래 숨으려는 것일까. 한 면이 분할된 수련의 둥근 잎에는 물의 꿈이 괴어 있는 듯하다.

왜 모네가 수련을 그토록 사랑했는지 알 것 같다. 해가 지면 수련은 물속으로 잠겼다가 새벽에 다시 솟아나 꽃을 피운다지. 그래, 모네는 이른 아침 수련이 핀 물가로 걸어가면서 "밤새 수련은 어떤 알을 낳았는가?" 설레며 기대했으리라. 수련이 물속으로 가라앉는 정경을 지켜보고 싶다. 내일 다시 순결하게 태어나기 위해 진흙의 바닥에 투신하는 것만 같다. 태양에 자신을 바치고 물속으로 소멸하는 수련은 진정한 여름 꽃이다. 바슐라르는 말했다.

"수련은 여름 꽃이다. 그것은 여름이 다시 돌아오지 않으리라는 것을 의미한다."

나의 여름도 다시 돌아오지 않으리.

삶의 진흙에서 피는 연꽃, 그건 바로 예술이지
| 남산동에서

경주에서 여름을 지내는 것만큼은 힘들다. 경주도 분지라 대구 못지 않게 덥고, 도심의 녹지에서 뿜어져나오는 열기도 만만치 않아 걷는 일은 사양하고 싶어진다. 움직이지 않으면 견딜 만하여 외출을 삼가지만 오후가 되면서 더위가 밀려오고 일도 되지 않아 생활정보지를 들춰본다. 집을 옮기기로 마음먹고 시내에 나갈 때마다 정보지를 모아 오는데 내가 좋아하는 남산 쪽에 매물이 나와 있다. 더위가 수그러들면 산책 삼아 가보기로 한다.

남산에 가는 길도 여러 갈래이나 내가 가장 좋아하는 곳은 통일전이 있는 동남쪽 마을이다. 팔 년 전 칠불암에 가기 위해 처음 이곳에 왔을 때 사방이 높지 않은 산으로 에워싸인 작은 마을을 보고 여기라면 집을 짓고 살고 싶다, 생각했다. 낡은 한옥을 기웃거리면 집집마다 뜨락에는 갖가지 꽃이 피어 있고, 골목은 그림같이 고요해 정취가 있었다. 기와며

마루가 자연의 일부처럼 맞추어진 한옥은 기능으로서의 집이 아닌 삶의 휴식처로서 향수를 자극한다.

서출지書出池엔 연꽃이 한창이다. 못가의 십여 그루 배롱나무에도 짙은 분홍꽃이 흐드러져 연분홍 연꽃과 함께 여름의 절정을 보여주는 듯하다. 수면에서 긴 줄기를 올리고 상보같이 큰 잎사귀 사이로 우아하게 봉오리를 내민 연꽃의 기품을 누가 따를 것인가. "진흙에서 연꽃이 핀다는 거 안 믿어요." 삶이 진흙 같다고 생각하는 B가 딱 부러지게 말했지만 진흙에서 연꽃이 피기도 한다. 삶의 진흙에서 피는 연꽃, 그건 바로 예술이지.

백 송이도 넘는 연꽃에서 눈을 떼지 못한 채 못가를 걸으니 옛날에 어머니가 바르던 분냄새가 코끝에 끼쳐온다. 허공에 고여 있는 연꽃 냄새다. 흩어지는 연꽃향을 들이마시려니 저음의 질 나쁜 악기 소리 같은 것이 들려온다. 부우부우, 소리조차 기이한 수입종 황소개구리. 연잎 위에 올라앉은 개구리는 동양 화가들이 즐겨 그려온 소재건만 토종 개구리는 뒷날 그림 속에서도 사라질 것 같다. 부, 부, 울리는 소리에 순정한 광대 젤소미나가 부는 나팔을 떠올리는데, 쥐만한 황소개구리가 첨벙, 물속으로 뛰어든다.

매물로 나온 집은 동네 초입의 첫 골목에 위치하고 도예공방이 바로 앞에 있어 그다지 마음에 들지 않는다. 숯을대문도 필요 없고 값비싼 황토방이 아니어도 좋으니 좀더 산 가까이 있는 고요한 오두막이라면 좋겠다. 골목을 나와 슈퍼마켓을 지나 남산을 향해 걸어가니 여름볕에 등이 따가우나 시야에 온통 초록이라 기운이 솟는 듯하다. 길가에는 참깨며 옥수수 등이 아이 키만큼 자라 있고, 밭마다 콩이 심어져 콩잎이 땅을 덮고 있다. 콩 농사가 많아서 경주 사람들은 콩잎 반찬을 즐겨 먹나보다. 삭힌 콩김치로 쌈을 싸먹기도 하고 낙엽 같은 콩잎으로 밑반찬을 해 먹기도 한다. 여름에 입맛 없을 때 콩잎으로 쌈 싸먹는 별미는 경주에 와서 알게 되었지만, 낙엽같이 빳빳한 누런 콩잎 밑반찬은 아직도 입에 설다.

절 앞에 있는 남산 삼층 석탑을 스쳐 염불사터를 찾으며 계속 걸었으나 그사이 집이 들어섰는지 눈에 띄지 않는다. 『삼국유사』에 보면 남산 동쪽 기슭 피리촌에 피리사라는 절이 있는데 범상치 않은 중이 언제나 염불을 외니 그 소리가 성중의 삼백육십 동리 십칠만 호 안 들리는 데가 없었다고 한다. 염불 소리가 높고 낮음이 없고, 옥과 같은 소리가 한결같아서 모두들 '염불스님'이라 불렀으며 그가 살던 피리사도 염불사로 이름을 고쳤다 한다. 옥과 같은 염불 소리를 들으면 시정잡배의 가슴도 세속의 소란한 삶에서 비켜나 정화되지 않을까.

집들이 드문드문 들어선 산자락을 따라 올라가니 빈터에 도라지꽃이 만발해 있다. 삿됨이라고는 없는 별모양의 꽃이 깨끗하기만 하다. 언젠가 내가 원하는 집을 갖게 되면 집 앞에 도라지를 심으리라. 흰 꽃이 피는 능금나무 한 그루와 잎이 큰 후박나무 한 그루도 심고…… 꿈의 정원을 머릿속으로 그리며 산길을 오르는데 왼편에 울타리 없는 집 한 채가

남산동에서

있고 평상에 식구들이 앉아 이른 저녁을 먹고 있다. 내가 어릴 땐 저런 풍경을 어디서든 만났건만 요즘은 시골에나 가야 볼 수 있다. 여름 해의 열기가 아직 누그러지지 않는데 평상에 둘러앉아 땀을 씻으며 저녁 먹는 모습이 정겹다.

작가 C는 이런 정경에서 고향을 떠올렸나보다. 십오 년 전인가 그녀는 골목을 걸어가다 봉창으로 식구들이 저녁 먹는 정경을 보고 눈물이 났다고 했다. 쑥국 냄새가 났다고 했던가. 나는 언젠가 농부들이 추수하는 들판을 걸어가다 눈물을 쏟았다고 C에게 말했다. 방랑자의 상실감에서였다. 이 말을 듣고 C는 "나는 나답고 너는 너답다"고 했다.

가족애가 유별난 C는 사랑하는 형제 곁에서 벌써 세상을 뜨고, 나는 오늘도 이상향을 찾느라 헤매고 있다. 언제야 헤맴을 멈출 것인가. 배나무 과수원이 있는 산 초입에 서 있으려니 염불스님의 염불이 한줄기 바람 따라 희미하게 들려오는 듯하다.

여기서 죽고 싶다

| 무열왕릉에서

장마철이지만 비는 오지 않고 날이 무덥다. 몸도 머리도 무거워 밖으로 나와 무열왕릉으로 향한다. 능역이 넓고 시야가 트여서 즐겨 산책하는 곳인데 4월에 들르고 여름엔 처음이다.

김인문묘 등 고분들이 많아 서악동에도 초목이 무성하다. 능역에 들어서자 소나무숲과 초록으로 덮인 무열왕릉이 눈을 서늘하게 하고 매미소리가 희미하게 울린다. 칠 년간 땅속에서 긴 잠을 자고 나왔으니 한껏 목청 돋우어 생명을 노래해야지. 너희 목숨은 한낱 일이 주, 천적이 널린 지상의 시간이 버거운가. 오직 번식의 사명만 마치고 돌아가니 생명의 경제학자라고 칭해도 되겠다.

올 때마다 그냥 스쳐갈 수 없어서 비신碑身이 박힌 거북 조각 앞으로 간다. 현대 조각가도 "이렇게 잘할 수는 없다"고 감탄했던 거북의 힘찬 네

발가락이며 비신의 머리장식인 이수 전면에 꿈틀거리는 듯한 용 조각이 통일기의 기상을 나타내고 있다. 예술은 이렇듯 시대를 반영한다.

무더운 날씨 탓인지 무열왕릉 앞에 관광객 가족이 서성이고 있을 뿐 한산하다. 담 밖으로 달리는 차 소리가 정적을 깨트리지만 왕릉 뒤편의 소나무 아래 앉으니 더위가 이내 스러지는 듯하다. 바람 한 점 없지만 자연의 그늘이 몸의 열을 식혀준다. 앞으로는 남산이, 뒤로는 성모 전설이 깃든 선도산이 왕릉을 지켜보고 있다. 얼마 전 후배가 왔을 때 이곳에 데려오지 않은 것이 아쉽다. 한국에서 생활에 허덕이다가 "이게 삶이 아니다" 깨닫고 인도의 어떤 공동체에 들어가 종교적 명상화를 그리는 후배였다. 후배는 개인전을 열기 위해 한국에 나왔지만 하루빨리 돌아가고 싶어했다.

"한국은 무언가 자유롭지 않아요. 커다란 짐이 어깨에 얹혀 짓누르는 것 같아요."

그건 유교 사회의 무거운 기가 아닐까. 권위적이고 힘의 논리가 지배하는 가부장적인 사회의 부정적인 기. 한국 사회의 축소판이라 TV 뉴스조차 더이상 보지 않지만 정치에서부터 사회 모든 분야에 이르기까지 억압적인 유교의 기가 넘쳐나는 듯하다. 여성운동을 했던 친구는 "한국의 남녀 사이에는 거대한 심연이 흐른다. 서로가 도저히 닿을 수 없는 심연이. 그건 조선조 오백 년간 심어진 유교가 만든 폐해다"라고 현장 체

험에서 우러난 진단을 했다.

묘 앞에 왕의 일대기를 쓴 비를 세우고 상석을 만들기 시작한 것이 무열왕 때부터인데 이 왕릉은 신라에 중국 문물이 들어와 자리잡은 과정을 보여준다. 중국 문물이 들어온 지 천사백 년이 지났지만 신라나 고려 사회를 뒷받침한 정신은 불교여서 유교에 압도당하지 않았고 인성이 자유로웠다. 계율을 범하여 설총을 낳은 이후로 스스로 소성거사라 불렀던 원효, 역신과 동침하는 아내를 보고 체념의 노래를 부른 처용 등은 자유로운 신라 사회의 파격이다.

무열왕릉을 지나 오솔길로 올라가니 배롱나무 몇 그루가 서 있다. 사슴뿔 같은 가지마다 잎이 가득 피었는데 가지 끝에 작고 단단한 것이 맺혀 있다. 꽃이 이미 진 건가? 이승인지 저승인지 환상같이 흐드러진 진분홍꽃을 이맘때면 늘 뙤약볕 아래서 마주치지만 어찌된 일인지 올해엔 본 기억이 없다. 백일 동안 핀다는 백일홍인데 아직 꽃이 피지 않은 걸까. 본격적인 여름이 시작되지 않은 건가? 배롱나무가 꽃을 피워야 비로소 여름인 것이다.

네 개의 능선이 선도산 아래로 고래등같이 매끄럽게 솟아 있다. 걸음을 옮기면 능들이 하나하나 다가와 숨바꼭질하는 것 같다. 백팔십여 년 전 추사는 이곳에 들러 신라 왕릉 연구 보고서라 할 「진흥왕릉고」를 남겼는데 경주 김씨의 후예로서 천 년도 전 신라왕들의 무덤을 거닐며 어떤 감회를 가졌는지 궁금하다. 스물넷에 아버지 김노경을 따라 연경에 두 달 머무르며 당대의 지식인들과 깊이 교류하고, 청조학의 일인자가 된 추사. 뒤에 북한산에서 신라 진흥왕 순수비를 발견하고, 경주 암곡동을 답사하여 무장사 비편碑片을 발견하는 등 조선의 옛 금석학을 연구하여 고증학을 발전시켰으며, 벼루 열 개가 뚫어지도록 글씨에 온 힘을 쏟아내 한국사에 최고의 추사체를 남긴 예술가.

그의 예술 세계를 "제주도 유배지에서 핀 꽃"이라지만 "보리 비, 보리 바람이 또 돌고 돌아 푸른 부들, 붉은 앵두의 철이 되니 시절이 덧없음에 따라 나그네 마음도 흔들리어 걷잡지 못할 지경이외다"라는 편지 구절을 읽으면 처연하다. 북청 유배 생활을 마치고 서울로 돌아와 지인에게 편지를 쓸 때는 "하늘이여 대저 나는 어떤 사람이란 말입니까!" 탄식하기도 했다. 고독과 고난은 범인凡人에겐 독이 되나 독수리처럼 높이 오르는 영혼에겐 시금석이 된다는 것을 『완당평전』(유홍준 저)을 읽으며 다시 확인했다.

지식에 대한 끝없는 욕구로 손에 넣을 수 있는 온갖 서적을 섭렵했던 완당은 그것만으로도 회한이 없을 듯하다. 이러한 열정에서 "신이 오는 듯, 기가 오는 듯하며 바다의 조수가 밀려오는 듯"한 글씨가 창출되었으리라. 십여 년간의 유배 시절에도 제자와 지인이 끊임없이 찾아오고 도움을 주었던 것은 위대한 예술혼에 대한 사모이다. 우리를 감복시키는 예술의 힘이여! 정치도 과학도 최고의 경지를 예술이라고 말하지.

능에 핀 하얀 들꽃들이 예뻐서 나도 모르게 하나 꺾어 손에 든다. 오랜 세월이 지나면서 자연이 된 고분이 예술과는 또다른 감동을 준다. 예술은 사물의 본질을 모방하지만 자연은 모든 본성을 포괄하기에 완벽하다고 하지 않는가. 예술을 모르고 살기는 해도 자연 없이는 살 수 없다. 인간이 무의식중 자연을 갈구하는 것은 그것이 생명의 본성이기 때문이리라. 생명의 모태인 자연.

부드러운 능선이 가슴을 열게 하니 여름의 대지에 엎드리고 싶다. 능역을 산책하고 한 친구는 "여기서 죽고 싶다"고 취한 듯 말했지. 자연만이 주는 절대 평화가 죽음까지도 포용하게 하나보다. 인생의 유한함을 생각하면 권력도 명성도 덧없는 것. 이곳에 묻혔다고 추정되는 법흥, 진흥 두 왕은 불교를 일으키고 비약적인 국가 발전을 이루었지만 말년엔 승려가 되었다. 영화의 헛됨을 알았기에 역사에 좋은 통치자로 기록될 수 있었으리라. 삶의 신고처럼 열기가 후끈 끼쳐오지만 형제처럼 정답게 솟아 있는 고분의 그늘 아래 걸어가니 몸도 마음도 허허롭다. 『삼국유사』에 실린 원효 찬미 시가 떠오른다.

삼매경에 주석 달아 그 책 이름 각승이라.
호로병 들고 춤추면서 거리거리 쏘다니네.
달 밝은 요석궁에서 봄잠이 깊었는데,
절 문 닫고 생각하니 걸어온 길 허망도 하여라.

무열왕릉에서

최 부잣집의 진귀한 음식문화

| 교동에서

사람마다, 사람들의 가장 작은 구성원인 가족이나 그룹마다 그만의 분위기가 있듯이 갖가지 사람들이 모여 사는 도시도 그만의 분위기가 있는 것 같다. 어느 소설가는 한적한 고도 공주公州의 분위기를 거리에 흩어져 있는 말똥으로 묘사했는데, 젊은 날 내가 본 순천은 소복한 여인네처럼 고즈넉했고 춘천은 맑은 호수 때문인지 거울의 이미지를 남겼다.

경주에 처음 왔을 땐 도심의 평지에 솟아 있는 고분들이 무릉도원 같기도 하고, 타임머신을 타고 고대로 되돌아간 듯 환상을 주었다. 고분뿐 아니라 곳곳에 역사의 자취가 남아 있는 풍경은 정서적 풍요를 준다. 한옥이 늘어선 옛 동네를 다니면서 마당을 기웃거려보면 집집마다 뜰엔 맷돌이며 골동 냄새가 나는 물확 같은 것이 놓여 있고 석류니 무화과니 과수들이 운치 있게 자라 있다. 처마마다 달려 있는 메주들과 골목에 널려 있는 빨간 고추는 또 얼마나 예스러운지. 대도시 아파트의 직선 문화에 비해 경주의 기와집 골목은 인간적이고 정겹다.

경주에서 내가 즐겨 산책하는 동네로 교동을 빼놓을 수 없다. 앞으로는 남천을 끼고 월성과 계림, 향교와 면해 있는 전통적인 마을로 경주의 상징 같은 최 부잣집이 자리잡고 있다. 벼슬은 진사 이상 하지 마라, 흉년기에는 땅을 사지 마라, 사방 백 리 안에 굶어 죽는 사람이 없게 하라. 경주 최씨 집안의 이 가훈은 그들의 덕행으로 경주 인근까지 널리 알려져 있는데 한 경영학 교수가 펴낸『경주 최 부잣집 삼백 년 부의 비밀』이란 저서에도 나와 있다.

"솔씨는 날아가다가 교촌 최 부잣집네 갓이라면 앉는다"는 경주 지방의 속담이 있다. 최 부자네 갓(밭)에는 나무를 베지 못하게 산지기가 잘 지키므로 날아가던 솔씨가 거기 앉으면 잘 자라날 수 있다는 말이다. 이런 속담까지 나올 정도로 최 부잣집의 부는 명망이 높았다.

그러나 본가라 할 최 부잣집 직계 자손은 이제 서울로 거처를 옮기고, 중요 민속자료로 지정된 최 부잣집 고택과 이웃한 작은집이 교동을 지키고 있다. 교동법주 인간문화재인 고故 배영신1917~2014 할머니가 오랜 세월 최씨 집안의 안주인으로 살림을 꾸려왔는데 내가 처음 경주 와서 이 댁에 들렀을 때 본 할머니 모습이 지금도 기억난다. 한복 차림으로 툇마루에 앉아 치자꽃 향기가 날리는 정원을 내려다보시던 모습이 자애로우면서 기품이 있었다. 호리한 몸매를 감싼 한복의 선이 고왔고, 낯선 방

교동에서

문객을 경계치 않고 사근사근 말상대를 해주던 모습이 인정스러웠다. 요즘 어디서도 보기 힘든 한국 전통적인 양반가의 어른 모습인데, 이끼 낀 골기와 고옥에 앉아 있는 할머니 모습이 바로 경주였다.

"내남 이조에서 9대조 할아버지가 이 집을 지었는데 지은 지 삼백육십 년이 넘었어요. 난 스물두 살에 경주 최씨 집으로 시집와서 해방되던 해 5월에 만주서 나와 여태 교동서 살았지. 육십여 년이니 이것도 긴 세월 이지?"

할머니의 친정은 안동이다. 3·1 독립운동을 하다 삼 년간 형무소에 서 옥고를 치르고 대구 제일교회 장로를 지냈던 아버지와, 친구들이 무 서워할 정도로 엄했던 어머니 아래서 보수적으로 자랐지만 개화된 환경 에서 교육받았던 신여성이다. 입에 밥이 들었으면 밥을 뱉어내고 대답 해야 할 정도로 엄한 것만 가르친 친정어머니가 식견은 있었다. 형무소 로 면회 다니면서 여자도 공부시켜야겠다는 생각이 들어 대구로 나오자 두 딸을 신명학교, 경북여고 전신인 대구공립여자고등보통학교에 넣었 다. 언니는 비행기를 몰고 일본에 가서 자폭하겠다고 생각했을 만큼 투 사 기질을 드러냈다. 영신은 선교사 집에 살았던 대구 시절 영어와 오르 간 등을 배웠다. 성적도 생물 같은 이과를 빼놓고는 다 갑을 받았고, 무 척 활동적이어서 졸업 뒤엔 제일교회에서 야학을 하고 포항 영흥초등학 교 교사로 재직했다.

결혼 뒤엔 남편과 만주에 가서 팔 년간 살았는데 중국말을 배우고 싶어서 5, 6학년 유급학교에서 일어 선생을 했다. 일어는 지금도 유창하고 선교사에게 제대로 발음을 배운 영어와 만주 시절 배운 중국어도 잊지 않고 있다. 칠남매를 키워온 전통 주부였지만 늘 일에 대한 욕구를 가지고 있었다. 남편이 대구대학 재단에 근무하던 때엔 대구를 드나들다가 교도소 여간부를 뽑는다는 광고를 보았다. 응시자격이 자신의 나이인 삼십육 세까지라 응시했더니 팔십 명이 몰려왔다. 그는 시험을 치르고 일등으로 합격했다. 그러나 시어머니를 모시고 있어 대구서 직장생활을 할 수 없었다. 집에다 얘기하지 않고 혼자 벌인 일이라 합격하고서야 시어머니께 말씀드렸다. 인자한 시어머니도 한마디로 일축했다.

"아이야, 될 일을 해야지."

최 부잣집 며느리가 되려면 용꿈을 세 번 꾸어야 한다는 말이 있단다. 사방 팔십 리가 최씨 땅이라 남의 땅을 밟지 않았다는데 덕을 중시하여 손님을 소중히 대접했고, 큰집과 작은집에 큰 술독이 세 개 있었다. 손님이 갈 때는 여비를 주었고 그런 베풂이 오늘의 교동법주를 잇게 했다.

"서로가 존중했어. 가정에서 큰소리 한번 들어본 적이 없어요. 법 아래 화목한 집안이야. 무서운 친정어머니보다 오히려 시어머니에게서 가정의 화목함을 배웠어요. 내가 옷을 입으면 쓰다듬으면서 너는 옷태가 난다, 하셨지. 내가 가구를 잘 옮겨서 시어머니가 밖에 나갔다 오시면 위치가 바뀐 것을 보곤 아(아가)도 거꾸로 세우겠다, 웃으셨지. 밤에 윷놀이를 하면서 즐거워하면 너희들은 잠도 없냐, 하시고. 내가 시집가서 콧노래도 하고 말도 크게 하니까 친정어머니가 오히려 버릇이 없어졌다고 했어."

『삼국유사』 제2권 「문무왕 법민法敏」 편에 보면 왕의 배다른 아우 차득공借得公이 나랏일을 살피느라 거사 차림으로 무진주에 들러 안길의 후한 대접을 받는 얘기가 나온다. 차득공은 다음날 작별하면서 서울 오거든 황룡과 황성 두 절 사이에 사는 단오민간에서는 단오를 수레옷, 차의車衣라 했다를 찾으라고 일러주는데 안길이 수수께끼를 풀듯 그를 찾아가자 차득공은 음식을 오십여 가지나 차려 잔치를 베푼다. 이러한 신라의 음식 문화는 신라 멸망으로 왕족, 귀족과 함께 고려로 올라가 경주에서 사라진 듯하지만 최 부잣집 음식을 보면 맛의 전통이 살아 있는 것을 알게 된다.

최 부잣집에선 김치도 고춧가루를 쓰는 일반 김치는 채연지라고 부르고, 설 전에 떡국과 함께 먹는 사연지는 실고추만 쓴다. 조기, 대하 등을 소로 넣는데 배추를 반 잘라서 그대로 접시에 놓는다. 최 부잣집만의 비법이며, 백김치와도 다르고 떡을 먹을 때 반드시 함께 먹는다. 배추가 심심하면 쇠고기 간장에 찍어 먹기도 한다. 설 이튿날이면 최 부잣집에선 친척집에 떡국과 사연지를 돌렸다.

경상도엔 집장이라는 토속 음식이 있는데 밀과 콩으로 띄운 메주를

갈아 물에 풀고, 박, 가지, 무청 등을 넣어 만든다. 최 부잣집에선 집장만
도 일곱 가지나 만든다. 또 '채'라고 불리는 독특한 별미도 말하지 않을
수 없다. 문어, 전복, 게살, 해삼, 까만 석이 등과 갈분가루에 묻혀 뜨거
운 물에 살짝 데친 국화, 시금치, 쑥갓 등의 채소를 잣 국물에 띄우는 음
식이다. 문어 같은 해산물을 잣과 낙화생을 갈아 새콤달콤하게 만든 소
스와 함께 먹는 '채'의 맛은 잊히지 않는다. 전에 교동법주를 사러 갔다가
제사상에 올리는 떡을 본 적이 있는데 접시에 담긴 갖가지 떡도 어디서
도 볼 수 없었던 진귀한 것이었다. 이런 것이 양반 문화구나, 전통문화구
나 생각했다.

"부잣집이라 음식은 사치스러워요. 송편도 얼마나 정성스레 예쁘게
빚는지 다른 집들과 모양이 달라. 며느리를 잡는 요리지. 전에 서울서 열
린 궁중음식전 보러 가서는 딸이 고개를 내저어. 아버지가 보면 개죽 같
다고 하겠다면서. 교동법주도 찹쌀 한 말에 네 되밖에 안 나와. 물을 적
게 쓰니까."

교동법주는 조선조 숙종 때, 궁중에서 음식을 관장하던 9대조 할아버
지 최국선이 고향으로 내려와 최초로 빚은 것으로 알려져 있다. 교동법
주가 중요 무형문화재로 지정되자 공장을 지어 대량생산하라고 권한 사
람도 있었다. 그러나 교동법주는 어디까지나 최 부잣집에서 만든 가양
주로서 의미가 있고 전수자인 배할머니는 그것을 전통으로 지키려 했
다. 고단한 술 빚기도 전통적 삶의 일부였고 그 속에도 아름다움이 있다

| 안심 가는 길 oil on canvas 165.8×65cm

면 변질시키지 않고 고스란히 후대에 남겨야 한다고 믿기 때문이다.

    그는 재주 많고 활동적인 신여성이었지만 경주 최씨 며느리로서 삶에 순응하며 자아실현의 열망도 접었다. 소문난 최 부잣집이지만 교동 땅이 모두 영남대학에 기증되어 지금은 사유재산도 없다. 일찍이 대구로 진출했더라면 가세도 지금보다 낫고, 폭넓게 살지 않았을까 후회도 했지만 덕망가를 함께 이루었다는 것에 자부심을 가진다. 손자를 지켜보는 재미로 살면서 붓글씨도 쓰고 피아노도 치며 인생의 동공洞空을 메우기도 하는데, 이렇게 고즈넉이 전통을 지켜온 사람이 있어서 경주가 보다 경주답고, 이끼 낀 교동 기왓골이 더욱 아늑해 보인다.

그릇을 보면서 비우라
| 박물관에서

수백 기의 고분이 밀집된 경주에는 발굴된 고분도 수십 기여서 부장품들이 박물관의 고대실을 채우고 있다. 부장품이 든 묘는 거의 왕족이나 계급층의 것인데, 내세를 믿었던 당시 사람들은 현세와 같은 풍요를 누리기 위해 수많은 부장품을 시신과 함께 묻었다.

박물관에서 부장품들을 보면서 '내가 만약 무덤에 부장품을 넣는다면 무엇을 가져갈까?' 자문한 적이 있다. 내세가 있는지 없는지 모르지만, 있다 하더라도 부장품이 내세의 풍요를 가져오리라 생각하는 현대인은 없기에 자신이 소중히 하던 것이나 자주 사용한 물건을 넣을 것 같다.

나는 소중한 것들을 나열해보았다. 전봇대와 달이 있는 유화 소품, 주칠이 된 작은 골동 상자, 토마스 만의 소설과 한 권의 시집…… 그러나 땅속에 영원히 남아서 발굴하는 고고학자에게 보람을 주려면, 하고 생각하니 백자 잔이 자연스레 머리에 떠올랐다. 전통 도예가 한익환 선생의 작품으로 전통 백자색을 뛰어넘었다고 말해지는 그 흰빛을 사랑하여 차를 담기보다 바라보기를 좋아하는 찻잔이었다.

물질적인 것에 대한 집착이 비교적 없고 무소유의 자유를 사랑하지만 나도 유독 애착을 갖는 것이 있다. 차를 좋아하여 좋은 찻잔을 보면 갖고 싶은 욕구를 느낀다. 찻잔을 좋아하니 도자기에 관심이 많고 어쩌다 서울에 가도 인사동에 들러 그릇을 구경한다. 해외여행 때도 도자기 가게 앞에선 걸음을 멈추고, 비싸지 않고 작은 것이면 기념으로 사기도 한다. 그래서 내 방엔 약간의 다기들과 그릇들이 놓여 있는데 한번씩 들여다보면 가슴이 그득해지는 것 같다.

내가 그릇을 좋아하는 이유는 비어 있기 때문이다. 차라도 담겨야 제 구실을 하겠지만 나는 바라보는 것이 더 좋다. 무엇이든 담을 용의를 지니고 겸손하게 비어 있는 모양에서 아름다움을 느끼는 것이다.

부유층이고 서민층이고 어느 집이나 가보면 가구와 물건으로 가득하다. 짐을 싫어하여 가구는 일절 사지 않고 텔레비전조차 십 년이 넘은 소형을 가지고 있지만 이사를 간다면 나도 버릴 것이 많다. 전쟁이 났다든가 도피할 경우가 생긴다면 무엇을 취할 것인가. 생존의 필수품 돈 이외에 가장 소중한 것을 집어들 것 같은데, 작가인 나는 노트북을 들 것이고 이런 상황에서라면 내가 하나둘 모은 작은 골동품들도 군더더기

일 뿐이다.

자신의 작품 외엔 장식품 하나 놓여 있지 않은 심플한 집이 생각난다. 은사인 조각가 최종태 선생 집엔 여느 화가들과 달리 집에 골동품 하나 없다. 골동품에 관심이 없어서가 아니다. 집에 골동품이나 좋은 가구를 놓으면 보는 사람이 사고 싶어하기 때문이라는데, 강단에 서는 스승으로서 절제의 모범을 보인 셈이다. "조각이란 본질을 향해가는 것"이라고 말하는 예술가에게 장식품은 비본질적인 것에 불과하다.

인도에 갔을 때 들른 간디 기념관이 떠오른다. 재현된 간디 방엔 좌식 책상과 호롱, 물병, 물레와 신발 두 켤레 등 그의 생활에 쓰였던 최소한의 도구 몇 가지만 생전 모습대로 놓여 있었다. 가난한 민중들과 고락을 함께하면서 무소유로 진리를 추구한 현자가 살아낸 삶의 현장이었다. 값싼 장식품 하나 없는 간디 방은 마치 빈 그릇 같았다. 온갖 것들을 쌓아놓고도 끊임없이 갖고자 하는 사람들. 우리들은 얼마나 많은 군더더기를 붙이고 비본질적인 것에 매료되어 사는가. 간디 방을 보고 나는 아름다운 가난에 감동받았고 가질 것이 아니라 버리자! 버리는 연습을 하자, 고 다짐했다.

작가에게 책은 생존과도 같아서 여느 작가들처럼 내 방은 책으로 에워싸여 있다. 그러나 언젠가는 책으로부터도 벗어나 선비 책상 하나만 놓인 빈방에서 살고 싶다. 무솔리니의 집무실엔 테이블 하나만 놓여 있었다던가. 책도 장식도 없는 방이란 심플한 삶을 말하는데 스님의 선방 같은 방, 무욕의 방, 무집착의 방, 빈 그릇 같은 방을 말한다.

며칠 전 무슨 일론가 신경이 곤두서 골동품 가게에 들렀다가 수조를 하나 샀다. 돌로 된 수조인데 수련을 심을 생각으로 꽤 큰 것을 골랐다. 그러나 집에 갖다놓는 순간부터 그 무게만큼 마음이 무거웠다. 올해 안으로 이사를 가야 할지도 모르고, 밀린 작업을 하느라 수련을 심지도 못할 것 같았다.

그날 밤 우연히 TV에서 가난으로 두 아이와 동반 자살한 주부 이야기를 듣게 되었다. 남편의 실직으로 빈곤에 시달렸지만 누구에게도 도움을 받을 수 없었던 주부는 죽음 외의 어떤 선택도 할 수 없었다. 그녀의 생활고와 절망을 보고 나니 스트레스 때문에 대책 없이 수조를 산 것이 부끄러운 신선놀음인 듯 여겨졌다. 이제는 훌훌 털어버릴 준비를 해야 하건만 나는 왜 들 수도 없는 돌짐을 들여온 것일까.

비어 있음은 빈곤이 아니라 풍요이며 근원에 다가가는 계단이다. 가득찬 것은 혼란스럽다. 영혼을 탁하게 한다. 집에 가득찬 물질에선 부패의 냄새가 나고 가슴에 가득찬 욕망에선 폐수의 냄새가 난다. 그릇을 보면서 그릇처럼 비우라. 집착도 분노도 비우고 새로 태어나듯 공으로 돌아가라. 인연도 비우고 겸허하게 기다려라. 잎을 떨구고 늦가을 숲처럼 나의 한가운데로 들어가기 위해.

넉넉한 모양새가 자유로운 분청 그릇을 바라보며 언제 저런 사람이 될 수 있을까 꿈꾸어본다. 맑고 고결한 백자 잔을 바라보며 백자 잔 같은 친구를 그리워한다.

경주의 땅속은
비어 있는 거대한 오케스트라
| 인왕동에서

밤에 풀벌레 소리를 들으면 가을이 곧 다가올 듯하다. 집집마다 석류는 붉게 여물었고 무화과도 성급한 놈은 벌써 속살을 드러내려 한다. 담 너머 가지에 열린 무화과 중 살짝 벌어진 것을 땄으나 완전히 익지는 않아서 분홍빛 살만 먹었다. 가을로 접어들면 시골 아낙들이 무화과를 시장에 가져와 파는데 늦여름의 태양 아래 무르익기를 좀더 기다려야 하리라.

가시가 엉킨 탱자 울타리를 지나 교리를 스쳐가니 다리 너머로 논이 펼쳐져 있다. 올 농사는 풍년이 들 거라는데 벼이삭이 익어 연록의 빛깔을 띠려 한다. 이십여 일 뒤 다가올 추석이 다른 해보다 빠른 듯하지만 벼가 익어가는 걸 보면 음력이 정확하다. 남천 건너편 인왕동을 바라보다 다리를 건너 박물관 쪽으로 발길을 옮긴다. 내가 즐겨 걷는 산책로 가운데 하나다.

　남천이 흐르는 교동 앞길은 기와집이 늘어선 주택가이지만 둑과 들판 사이로 난 이차선 도로엔 차만 달린다. 인도가 없어 걷기 불편하지만 사람이 드물어 호젓한 느낌을 준다. 둑 위로 올라서면 남천이 보이고 월성이 한눈에 들어오는데 장마 땐 물이 넘쳐서 사람들이 그물을 쳐놓고 고기를 잡았다. 벚꽃이 만발한 봄엔 남천에 흰 꽃잎이 흩어져 봄눈이 흩날리는 듯하더니 내를 끼고 있는 신라의 옛 궁터는 언제 보아도 신비롭다.

　도로 건너편 논 위쪽으로 집 몇 채가 보이고 이층집 하나가 눈길을 끈다. 일본서 태어난 재일 한국인 L씨가 이층에 세 들어 사는 집이다. 누군가 차를 타고 가다가 일러주었다. L씨는 저 이층 방에서 바라보이는 월성 풍경에 행복해했지만 은행에 담보로 잡혀 있었던 집이 경매에 붙여져 전세금 이천만 원을 날렸다. 한국 사정을 몰라서 당한 일이지만 L씨는 그 집을 사들인 새 주인에게 다시 세를 얻었다. 아름다움도 대가를 치러야 향유하는 것일까. 대가를 치르고도 다시 택할 만큼 아름다운 전망을 가진 저 이층집에 나는 '가라오케'라는 이름을 붙여준다.

　웬 노래방? 얼마 전 일어 선생이 가르쳐준 바에 의하면 가라오케는 일어와 영어가 합쳐진 말로써 '가라'는 비어 있는, 비다의 뜻이고 '오케'는 오케스트라의 준말이라고 한다. 그러니까 비어 있는 오케스트라다. 저 이층 방의 문지방을 넘어도, 창턱을 살짝 건드려도 오케스트라가 울릴 것 같다. 아니면 녹색 광선 같은 쇼팽의 피아노곡이 흐르지 않을까. 천년의 세월이 스며 있는 월성을 가슴에 안겨주는 집이라면 말이다.

인왕동에서

| 새벽−골목길 oil on canvas 72.7×53cm

박물관에 오랜만에 왔더니 새로 지은 미술관 입구에 금강역사상이 마주서서 관람객을 맞는다. 집에서 산책할 수 있는 거리인데다가 고도여서 박물관이 이웃집처럼 여겨지지만 발걸음이 쉽지만은 않다. 문으로 들어서니 천장의 창으로 자연광이 비쳐들고, 박물관 안뜰이 보이는 오른편 창가엔 팔부중八部衆, 불법을 지키는 여덟 신장神將들이 부조된 화강암이 진열돼 있다. 구름 위에 앉아 소맷자락을 날리는 건달바팔부중의 하나 상像이나 정면에 놓인 미소 짓는 철와골 부처 얼굴도 양명한 실내와 잘 조화된다.

역사자료실로 들어서니 바닥 아래로 사람 모습이 보여 호기심에 다가간다. 바닥의 일부분을 강화유리로 덮어 땅속이 보이도록 했는데 돌쩌귀들이 드러난 도로에서 네 명의 고고학도가 실측과 발굴 작업을 하는 장면이 모형으로 재현돼 있다. 1998년도 미술관 신축 공사 전 발굴 조사 때 드러난 신라 시대 동서 도로의 일부이다. 바큇자국까지 난 도로엔 쇳가루의 짙은 갈색이 배어 있고 한쪽엔 수레를 재현해놓아 천 년도 전 신라인들의 생활상을 생생히 실감할 수 있었다.

현 박물관 자리는 신라 정궁이었던 월성 동남쪽 궁역에 해당되는 지역이다. 발굴 조사 때 건물터와 함께 발견된 우물 속에서 남궁지인南宮之印이란 도장이 찍힌 암키와가 나왔다. 수레가 다닌 신라 도로가 내 발밑에 있는 것이 신기하여 유리관 위로 조심조심 걷는데 사람들은 선뜻 발

인왕동에서

을 대지 못하고 가장자리를 따라다닌다. 빠질 것 같기도 하지만 천년의 꿈이 서린 유물들이 발밑에 있다고 상상해보라. 발레리나처럼 사뿐 발끝으로 노크하면 저 밑에 잠들어 있는 유리 곡옥曲玉과 금드리게, 투구와 꽃무늬 전돌 들이 오케스트라처럼 화음을 낼 것 같다. 그러고 보니 월성이 바라보이는 인왕동의 이층집만 가라오케가 아니라 경주의 땅속이야말로 비어 있는 거대한 오케스트라가 아닌가.

  침묵하는 음악에 귀를 기울이다 언뜻 창을 보니 후드득 지상의 빗소리와 함께 먹구름이 몰려오고 있다.

홍상수 감독의 〈생활의 발견〉

| 황오동 골목에서

새벽 산책은 나의 오래된 버릇이다. 야행성이라 작업하다가 밤을 새우는 날이 많고, 창이 잉크빛으로 물들면 신성한 새벽하늘이 보고 싶어 홀린 듯 밖으로 나서곤 한다. 경주에서의 새벽 산책은 계림 앞으로 펼쳐진 동부사적지대에서 시작된다. 이날은 새벽안개가 풀밭에 깔려 고분들이 강 위에 떠 있는 무릉도원같이 보인다. 운동복을 입은 산책객들이 월성을 향해 걸어가지만 월성을 뒤로하고 첨성대 옆길로 들어선다. 나만이 걷는 새벽길을 찾으리라.

첨성대 철책을 스쳐 재실을 지나 한길을 건너니 골목 어귀에 붙어 있는 '신라조경' 상호가 눈에 들어온다. 신라조경을 지나 보라색 나팔꽃이 담 밑을 덮고 있는 '첨성대 여인숙'을 스쳐 '경주장의사'를 지나니 '왕성회관' 간판이 보이는데 인사말까지 큼직하게 쓰여 있다. '어서 오십시오. 감사합니다.'

주차장 담을 끼고 잡초가 자라 있는 샛길을 빠져나가 황오고분 7길로 들어서니 골목 어귀에 있는 기와집 담 너머로 노랗게 익은 감이 늘어져 있다. 옆집 담 위로 보이는 무화과와 석류도 붉게 영글어가는데 들판에 선 벼가 익어간다. 가을은 식물이 해산하는 계절이다.

골목 양편으로 집이 늘어섰지만 잔가지처럼 사이사이 샛골목이 나 있고 샛골목 집 대문 앞엔 파와 고추, 채송화를 심은 스티로폼 묘판도 놓여 있다. 요즘은 흔치 않지만 어릴 땐 갖가지 색깔의 채송화가 어느 화단 가에나 꽃별처럼 깔려 있었다. 능소화가 늘어져 있는 담을 지나 막다른 골목집 앞에 서자 열린 대문 사이로 마당과 지붕이 보인다. 기와지붕엔 하얀 박꽃들이 아직 잠에서 깨지 않은 듯 잎을 여물고 있는데 박꽃은 호박꽃과 같은 과이면서 격조가 있다. 내향성의 품격이랄까. 그런데 빨랫줄에는 웬 수건이 저리 많담. 청바지도 두 개 널려 있지만 노랑, 분홍, 연노랑 타월 열 개가 나란히 널려 있다. 하숙집일까. 안에서 기척이 들려 자리를 뜬다.

'사글새 있습니다. 안집에 문희. 전화 742 - 〇〇〇〇.'

낡은 철문에 붙어 있는 맞춤법이 엉망인 글씨를 읽다가 앞을 바라보니 '수궁용궁선녀'라는 간판이 눈에 들어온다. 집 앞엔 긴 대나무가 꽂혀 있다. 무속인의 집이다. 경주엔 아직 무속이 살아 있어 이런 옛 주택가에서 '산신동자장군' '세존보살' 같은 간판을 쉽게 볼 수 있다. 심심풀이로 점도 한번 보라고 누가 권했지만 사양했다. 인생사라면 신물이 나, 하고.

수궁용궁선녀집을 지나니 담벽에 붙어 있는 두 장의 종이가 눈에 들어온다. 두 장 다 개 사진이 실려 있는데 머리털을 핀으로 묶은 개 사진은 컬러고 '개를 찾습니다'라고 쓰여 있다. 이름 : 애리. 품종 : 마르티스 흰색. 성별 : 암컷. 특징 : 젖꼭지 아홉 개, 항문이 붉음. 개 사진이 흑백으로 프린트된 또 한 장의 종이엔 '제발 찾아주세요' 호소하는 제목이 달려 있다. '오 년 동안 가족처럼 키워온 강아지입니다. 하루하루 지나가는 게 괴롭습니다……' 개 주인은 정말 애절하게 전화번호를 세 개나 적어놓았고 애리 주인은 광고지를 온 골목에 붙여두었다. 나는 비정한 주인이구나. 나도 이 년 전 개를 잃어버렸으나 겨우 하루 찾아다니고 "잘만 살아다오" 기도하곤 잊었다. 어쩌겠는가.

좌우로 샛길이 나 있지만 곧장 앞으로 걸어가니 담벽에 쓰인 낙서가 눈에 들어온다. '신청훈 빠꾸리 변태'. 계속 올라가면 시내로 이어지는 한길이 나올 것 같아 뒤돌아서 왼쪽으로 난 골목으로 들어선다. 이 골목 역시 곧지 않고 뱀 허리처럼 굽어지는데 마주보이는 집 담벽에도 낙서가 있다. '권도연 바보'. 신청훈보다는 권도연이 낫지.

맨드라미가 늘어선 담 곁을 지나가자 내 키만한 담장 위 슬레이트에 감 하나가 놓여 있다. 어느새 익은 홍시가 슬레이트 위에 떨어져 온전히 놓여 있는데 새벽 산책객에게 주는 선물만 같다. 손으로 쪼개어 입에 무니 단맛이 그럴 수 없이 신선하다. 감나무의 학명이 '신의 음식'이라더니 어떤 진수성찬도 자연의 신선미를 따르지 못한다. 서울이라면 담장 위에 떨어진 홍시 하나도 도둑질 같아 손을 대지 않을 텐데 경주에선 감나무의 선물을 기꺼이 받고 분배를 누린다. 마음의 여유다.

골목에서 나서니 넓은 보도가 나오는데 공터에 옥수수랑 채소가 심겨 있고 이지러진 고분이 눈에 들어온다. 높지 않은 고분이라 동네 아이들이 오르내리는 놀이터로 하얗게 길이 나 있다. 고분 위로 올라가며 주택가를 내려다보니 왼쪽 샛골목에 솟을대문이 막아서 있다. 낡지 않은 대문과 골목이 낯익어서 기억을 더듬으니 홍상수 감독의 〈생활의 발견〉에 나오는 장소다. 주인공 경수가 부산행 기차를 타고 가다 옆자리에 앉은 선영을 따라 경주에 내리는데 저 솟을대문이 선영의 친정집으로 나온다. 춘천에서 만난 명숙과의 인연이 그렇듯이 유부녀 선영과도 현대 남녀의 짧은 로맨스를 남기지만 그 무목적성의 시간은 펩시콜라맛의 일탈이 아니라 고인 물 같은 권태를 느끼게 한다. '경수 회전문의 의미를 깨닫다'란 자막은 반복되는 삶, 그 진부함의 확인일까.

불교에서 회전문이란 중생에게 윤회전생을 깨우치기 위한 마음의 문이라 한다. 홍상수 감독이 춘천과 경주의 황오동 골목을 세트장으로 쓴 것은 어디선가 본 듯한 풍경의 일상성을 쳇바퀴 도는 삶, 윤회하는 생에 대입하려 한 것일까. 문득 고분 위에서 내려다보는 저 솟을대문도 언젠가 똑같은 자리에 서서 본 적이 있었던 것만 같다. 반복된다는 느낌, 전

| 새벽—경주 oil on canvas 72.7×53cm

생이었을까.

황오동의 무너진 고분 위에서 아침해를 맞는다. 서편으로 멀리 선도 산과 가까이의 대릉원 거대 고분이 시야에 다가오는데 메마른 땅에 싹 이 돋아나듯 잃어버린 정감이 가슴에 되살아나는 듯하다. 상상의 곡선 같은 미로의 골목길엔 산업화되기 전의 순진한 한국 정서가 묻어 있고, 잡초며 푸성귀들이 멋대로 자라 방치돼 있는 공터는 내 어릴 때의 놀이 터처럼 야생적이다. 신축도 개축도 할 수 없는 문화재 보호구역이라 자 연히 퇴락했지만 시에서 곧 이 지역의 땅을 매입한다니 십 년 뒤에는 영 원히 사라질 풍경이 정겹고 소중하기만 하다. 황오동의 미로를 사랑하 는 한 건축가도 보존을 바라지만 재산권을 행사할 수 없는 주민들의 불 만은 크다. 전에 후배와 이 동네를 돌아다니다가 "재미있다"며 즐거워했 더니 의자에 앉아 있던 할아버지가 "뭐가 재밌노" 퉁명스레 나무랐다. 몸담고 사는 자의 현실과 산책하는 자의 시각은 이렇게 다른가보다.

그래서 인간이 복잡하구나

| 노서동 고분공원에서

추석 뒤에 H가 가족을 데리고 경주에 왔다. 중학교 때 어머니를 따라 독일에 들어가서 청소년기를 보내고, 성장한 뒤엔 독일인과 결혼하여 세 아이를 키우는 부지런한 주부다. 주부일 뿐만 아니라 지금도 석사과정을 밟고 있고 한국문학을 번역하려는 매력적인 지식인 여성이다. 독일서 자란 사람답게 여성 의식이 강한 H를 나는 동지 의식을 가지고 좋아했다.

H는 시내의 게스트 하우스에 머물렀다. 두 사내아이는 정원과 개와 닭장까지 있는 게스트 하우스가 신기한 듯 돌아다니며 쥐를 보고도 좋아했다. 이날은 내가 게스트 하우스에 들렀다가 가까이 있는 노서동 고분공원에 그들을 데리고 갔다. 시내에 있는 공원이라 시민들이 오가는 휴식처인데 오랜만에 들렀더니 나무가 많이 자란 것 같다. 이제 가을인데 철이 가는 줄도 모르고 배롱나무의 분홍꽃이 아직 선명하다. 철없는 꽃이구나.

추석이라 성묘를 했는지 고분들의 곡선이 까까머리처럼 드러나 있다. 공원의 고분은 더이상 무덤이 아니라 자연인 둔덕인데 잡초가 자라는 대로 두는 것이 더 자연스러울 것 같다. 어린 왕자가 그린 보아뱀—뱃속에 코끼리가 들어 있는— 같은 쌍분에 사람들 발길로 하얗게 가르마가 난 풍경이야말로 공원답다. 고분공원에서 아이들이 쌍분에 오르내리는 광경은 흔히 볼 수 있지만 뜬금없이 관리인이 나타나 목청을 높이며 저지할 때는 우스꽝스럽다.

쌍분을 마주보고 감나무 밑에 앉으니 벌써 주황색으로 익은 감들이 가지마다 매달려 있다. H와 나는 음료수를 마시고 아이들은 벌써 쌍분으로 올라간다. 큰아이 유리는 일곱 살인데 삼 년 전 네 살짜리 개구쟁이 모습으로 처음 경주에 왔을 때보다 얌전해졌다. H는 남편과 갈등이 있었노라 얘기를 들려주고 나는 가만 들으면서 맞장구를 치기도 하며 H를 이해했다. 어느 집이건 갈등이 있고 크고 작은 문제가 생긴다. 행복에 취해 있다가 괴로운 일을 맞고, 절망하다가도 희망의 노크 소리를 듣는다. 내용이 조금씩 다를 뿐 기복의 그래프를 그리며 살아가는 인생의 과정은 같다.

어른들끼리 대화에 빠져 있는데 유리가 우리 옆으로 와서 스테인리스 줄이 떨어진 손목시계를 내민다. 제 엄마에게 신이 나서 독어로 말하니 H는 후후 웃으며 내게 설명해준다. 능에서 시계를 주웠는데 울리에게 선물로 주겠다고. 울리는 제 아빠 이름이다. 유리는 거기다 "독일로 돌아갈 때 울리 선물은 살 필요가 없다"고 덧붙이기까지 한다. 아이의 영리한 계산에 웃다가 H는 쌍분을 가리키며 왕과 왕비의 무덤이라고 설명한다. 유리는 다른 고분들도 가리키며 누구의 무덤이냐 캐묻고, 나는 옆에서 너와 이름이 같은 유리왕 무덤도 다른 곳에 있다고 일러주었다. 유리는 엄마 나라의 이천 년 전 왕 이름과 독일인 피가 섞인 자기 이름이 같다니 신기한지 유리왕릉에 가보자고 보챈다. 아이들을 데려가기엔 오릉이 가깝지 않아서 다음에 경주에 오면 데려가겠다고 약속했다.

얼마 전에 읽은 책이 생각난다. 모든 인간은 미토콘드리아 DNA를 가지고 있는데 이것은 모계로만 전해진다고. 1991년 러시아의 마지막 황제 니콜라스 2세와 알렉산드라 황후, 다섯 자녀로 보이는 시신들을 발굴했을 때 과학자들은 유골에서 미토콘드리아 DNA를 추출하여 두 가지 다른 종류의 서열을 얻었다. 황후로 여겨지는 성인 여자와 공주로 여겨지는 시신들이 동일한 미토콘드리아 DNA 서열을 갖고 있고 황제로 생각되는 성인 남자는 다른 서열을 갖고 있었다.

유리의 모계인 내 후배와 외할머니, 그 외할머니의 모계를 맨 위로 거슬러가면 최초의 여성인류 아프리카 이브를 만날까. 양쪽 유전자를 물려받은 부모의 부모들을 이십 세대 이상 거슬러올라가 천오백 년경으로 가면 이론상으로 당신의 핵 유전자에 기여한 조상은 백만 명이 넘게 된단다. 우와! 그래서 인간이 복잡하구나, 하는 생각도 들고 원죄란 다름 아닌 유사 이래 조상들로부터 전해 내려온 핵 유전자의 집합이란 생각

노서동 고분공원에서

도 든다.

한국인들은 단일민족을 내세우며 이방인에게 배타적이지만 순수한 단일민족이란 애초에 없고 또 단일민족이 자랑거리도 아니다. 신라 김씨 왕조를 흉노라고 추정하는 고고학자들이지만 내 속에도 중앙아시아 초원의 유목민 피가 섞여 있다고 생각하면 가슴이 뛴다. 천오백 년 전 신라 고분들은 말발굽 소리와 멀고 먼 초원에서 불어오는 바람 소리를 들려준다.

| 새벽―동네 슈퍼 oil on canvas 72.7×53cm

작은 것의 아름다움

| 진평왕릉에서

한차례 가을비가 오고 선들해지면서 들판이 물들기를 기다렸다. 초록 들판이 금빛으로 익어가기를. 일주일 전 보문단지로 가며 연둣빛으로 변한 들을 보았으나 이젠 벼가 완연히 익어 황금빛으로 일렁이고 있다. 예전엔 어둠을 걷으며 밀려오는 푸른 새벽하늘을 좋아했지만 이젠 추수 전의 황금 들판을 사랑한다. 빨려들 듯한 새벽하늘의 다크블루는 수도 자의 영혼처럼 고독하고 청정하나 모든 것을 통합하는 듯한 가을 들녘 빛은 보다 풍요롭고 넉넉하다. 무르익을 대로 익은 자연의 결실 앞에 겸 허를 배우기 위해 올가을에도 어김없이 보문들을 찾아간다.

진평왕릉으로 가는 보문들로 들어서니 가슴까지 환해지는데 동네 어 귀에 걸린 플래카드가 눈에 들어온다. '한가위 선후배 친선축구대회'. 여 자도 선후배가 있지만 축구대회를 연다니 남자들의 행사다. 하긴 가부 장 사회에서 명절은 남자들이 주역이 되어 치르는 축제가 아닌가. 여자

들이 송편을 빚고 허리가 휘도록 음식을 장만하면 남자들은 성묘하고
제사를 지내고 집안 여자들의 접대를 받으며 명절 문화를 즐긴다.

『삼국사기』에 처음 기록된 가배 풍속을 보면 신라 여자들은 한가위 축
제에 능동적으로 참여했다. 신라 3대왕 유리이사금 때 왕녀 두 사람이
여자들을 거느리고 패를 나누어 밤늦도록 길쌈을 하고 8월 보름에 성적
을 평가하여 진 쪽에서 이긴 쪽에게 술과 음식을 베풀었다. 진 쪽에서 한
여자가 일어나 춤을 추면서 탄식조로 회소會蘇! 회소! 하니 그 소리가 슬
프도록 우아하여 뒷날 사람들이 회소곡이라 불렀다 한다. 여자들이 노
래와 춤과 온갖 오락을 벌였다는 가배의 자유로운 풍속을 상상하여 조
선조 성종 때의 학자 김종직이 남긴 시가『동경잡기』에 전해진다.

> 회소곡, 회소곡, 서풍이 넓은 뜰에 부니,
> 밝은 달이 화려한 집에 가득하네.
> 공주님이 윗자리에 앉아 물레를 돌리니,
> 육부六部의 여아가 떨기처럼 많네.
> 네 바구니는 벌써 찼으나 내 바구니는 비었네.
> 술을 빚어놓고 야유하고 웃으며 희롱하네……

신라 여자들의 한가위 놀이를 떠올리며 들판을 걸어가니 기와집 담
너머로 대추나무가 눈에 들어온다. 연두색 풋대추와 갈색으로 익은 대
추가 반반인데 가지가 늘어지도록 많이 열렸다. 집주인은 저 대추를 추

| 새벽—경주 oil on canvas 53×45.5cm

석 제사상에 올리겠지. 피는 꽃마다 열매가 되어 다산을 상징한다는 대추는 감, 밤과 함께 제사상에 올리는 중요한 과실이다.

논 가운데 솟아 있는 진평왕릉도 문중에서 벌초하여 파르스레하니 깎여 있다. 멀리 황복사지 탑이 보이고 왕릉 앞으로도 드넓은 금빛 들이 환상적으로 펼쳐져 있다. 긴긴 세월 동안 생성과 소멸을 되풀이해온 우주적 순환을 생각하면 땀의 결실이라고 할 수만은 없는 대자연의 섭리가 느껴진다. 하늘엔 뭉게구름이 잘린 반지 형상으로 걸려 있고 새 두 마리가 서쪽으로 유유히 날아간다.

문득 내 젊은 날 평택에서 가을 들판을 걸었던 일이 떠오른다. 제비떼가 하늘을 덮을 정도로 많았고, 농부들이 분주하게 추수하는 들녘에서 '나는 아무것도 거둘 것이 없구나' 하고 상심했던 기억이. 그때 내가 생각한 추수는 무엇이었을까. 그건 영혼의 수확이 아니라 눈에 보이는 세속의 성취였을까.

오늘은 황금빛 가을 들녘에 순례자처럼 엎드리고 싶다. 땅의 결실을 돌려주는 자연의 섭리 앞에 〈만종〉의 농부처럼 감사하고 싶다. 마음을 비우면 작은 것에도 감사하고 행복을 느낀다. 어제 중국서 부처온 한중사전과 산수유 과자, 서울서 J가 보낸 마르크스 평전과 마암분교 어린이 동시집, 또 한 후배가 대문 앞에 놓고 간 보랏빛 소국 다발은 얼마나 예뻤던가.

진평왕릉에서

작은 것이 아름답다. 큰 것, 거창한 것은 덫을 치고 있는 것 같지 않은가. 뇌물처럼 필시 사슬을 지우니. 작은 것의 아름다움을 가슴에 담고 올 추석엔 황룡사터에 가서 달맞이를 하고 싶다. 공기도 무거워하지 않을 작은 소망을 빌려 하니 달아 높이곰 돋으샤.

저 바다처럼 모든 것을 받아들이라

| 식혜골에서

시조는 성이 박씨이고 이름은 혁거세이다. 전한前漢 효선제 오봉 원년 갑자기원전 57년 4월 병진일에 즉위해 옹호를 거서간居西干이라 하였다. 이 때 나이가 십삼 세였으며, 국호를 서나벌徐那伐이라 하였다.

이보다 앞서 고조선의 유민들이 산과 골짜기에 나뉘어 살면서 6촌을 이루었다. 첫째가 알천의 양산촌, 둘째가 돌산의 고허촌, 셋째가 취산의 진지촌, 넷째가 무산의 대수촌, 다섯째가 금산의 가리촌, 여섯째가 명활산의 고야촌이니 이것이 진한辰韓의 6부가 되었다.

고허촌장 소벌공이 양산 기슭을 바라보니 나정蘿井 옆의 숲 사이에 웬 말이 꿇어앉아 울고 있는 것이었다. 다가가서 보자 홀연히 사라져 보이지 않고 큰 알만 하나 놓여 있었다. 알을 가르자 그 속에서 한 어린아이가 나오므로 거두어 길렀다. 나이 십여 세가 되자 뛰어나게 숙성하였다.

6부의 사람들은 그의 출생이 신이하다 하여 받들어 높이더니, 이때 와서 그를 옹립해 임금으로 삼았다. 진한 사람들은 호瓠를 박朴이라 하는데, 처음 그가 나온 큰 알이 박과 같은 모양이었기 때문에 성을 박씨로 하였다. 거서간이란 진한 말로 왕을 이른다.

신라 건국 신화의 탄생지 나정이 지난해부터 발굴 조사되어 "천년의 깊은 잠에서 깨어나"고 있다. 이번 발굴 조사에서 드러난 팔각건물지와 유물들은 고대 제사 시설의 형태가 대체로 팔각형이고, 소지마립간 9년 나을奈乙, 나정에 신궁을 만들었다는 『삼국사기』의 기록 등으로 보아 신라 왕실이 제사를 지내던 신궁이었을 가능성이 높다고 한다. 또 팔각건물지 한가운데 배치된 우물지로 나을 신궁에서 시조인 박혁거세를 제사지냈을 것이라고 추정한다는데, 고려 시대와 일본 고대에도 우물가에 신전을 세워 제사를 올린 예가 있다고 기사는 전한다.

알에서 태어났다는 시조왕의 혼이 우물 속에서 걸어나오는 환영을 본 듯하다. 출토 유물 중 '生'자가 쓰인 기와가 있어 이것이 지명인 나을을 가리킨다고 추정하는 학자도 있다. 날 생生에서 나온 지명이라는 것. 시조의 탄생지라면 무리가 없는 의견이다. 이렇게 박혁거세는 신화의 알을 깨고 '역사의 인물'로 우리 앞에 다가섰다. 이천 년의 시간이 꽉 찬 역사의 나이테를 더듬으니 나라의 존재가 장하고 새삼 신성하게 느껴진다.

훤칠하게 뻗은 소나무가 터를 지키듯 서 있는 나정은 아직 발굴중이라 닫혀 있고, 6부 촌장 위패를 모신 양산재와 금산 가리촌장 배지타와 후손을 모신 배문襄門 사당이 있는 남간길은 한적하기만 하다. 이천 년 전의 역사를 기리는 장소들이 오늘 같은 정보 시대와 어울리지 않는 것 일까. 안쪽에 자리잡은 마을도 인적 없이 조용한데 마을을 끼고 오솔길 로 빠져나오니 식혜골로 통하는 들판이 나온다. 옛날 이곳에는 절터가 있었는데 식혜識慧라는 도승이 머물러 스님의 법명을 따라 식혜골로 불 린다. 추수가 끝난 논 군데군데 누런 짚단이 쌓여 있고, 보성사 기와 위 로 늦가을 햇살이 졸듯 내려앉아 있다.

처음 식혜골에 온 것은 이 년 전 김호연 화백의 집에 초대받아서였다. 오릉이 가까이 있고 시내에서 멀지 않지만 꽤 외진 곳같이 느껴졌다. 화 가의 이층 다락방에서 다도를 하는 부인이 내주는 보이차를 음미하며 별을 올려다본 기억이 나는데 그 집에서 걸어나와 누비장 김해자 선생 의 공방을 스쳐갈 땐 고요한 안마당을 기웃이 들여다보았다. 김호연 화 백과 동향(김천)인 누비장이 식혜골에 이사 왔다는 말은 전에 들었고, 누비라는 이름에 향수를 느끼며 언젠가 그를 만나게 되겠지 기대했다.

김해자누비공방을 방문한 사람은 누구나 맨 먼저 차를 대접받는다. 대 중이 앉을 수 있는 큰 다탁과 여러 종류의 차가 들어 있는 유리병, 창가 의 수도가 눈에 들어오는데, 누비장은 앉은 자리에서 물을 받아 끓이곤 익숙한 솜씨로 차를 우려내 손님들에게 공양한다. 그가 손수 만들었다 는 녹차는 계속 마셔도 사양할 수 없을 만큼 순일하고, 연꽃이 피는 계절

엔 화심에 묻어두었던 차를 연꽃과 함께 우려내어 차의 아름다움을 만
끽하게 한다. 경주엔 다도를 하는 사람이 많아서 어느 집에서나 다구를
쉽게 볼 수 있지만 김해자누비공방에선 차와 주인이 일치되어 주인의
손끝에 차향이 묻어 있고 차 속에 인간의 향기가 우러난다.

"내게 차는 친구예요. 사람들은 끝없이 오지만 스쳐가는 인연일 뿐이
야. 이심전심 속을 터놓을 사람이 없으니 차와 함께 살아왔어요."

올린 머리에 저고리를 입은 호리한 몸매가 전통적인 옛 여인네같이
수수해 보이지만 화장기라곤 없는 얼굴에 눈빛이 형형하다. 맑은 물에
고기가 없다고 맑은 눈빛에 고독이 서려 있다.

그가 창녕서 경주로 이사 온 것은 2000년이다. 옮기기는 해야겠는데
도시는 싫고 누비와 조화를 이룰 수 있는 곳이 어딘가 생각했다. 진주, 안
동, 밀양, 청주까지 후보지에 올렸지만 옛 정신문화의 산지이며 풍광이
아름다운 고도 경주를 택했다. 오릉과 가까운 식혜골에 와보니 산세도
좋고 시내와 가까우면서 조용하여 집이 나왔는지 물었다. 그때 이 집을
샀는데 통시재래식 화장실가 있고 너무 허술하여 사흘간 심란했다. 사는 일
이 수행이라 이내 마음을 다잡았다.

수행. 한 땀 한 땀 바늘로 한 치의 흐트러짐 없이 끝없이 반복하는 누
비 작업도 수행처럼 여겨진다. 도 닦는 마음이 아니면 못할 것 같은데 나

를 다스리기 위한 과정으로 가장 적합하다고 선생은 말한다. 인욕이요 자기와의 싸움이다.

그가 한복과 인연을 맺기 시작한 것은 이십대에 선미복장학원을 다니면서부터다. 그가 중3이던 해 아버지가 돌아가시자 어머니도 당시 여인네처럼 바느질로 가계를 꾸려나갔다. 올 하나 틀려도 신경이 쓰이니까 하지 말라고 만류했지만 가진 것 없어도 실과 바늘만 있으면 할 수 있는 것이 바느질이라 한복을 배웠다.

한복을 하면서 많은 사람들의 옷을 기워야 하는 삯바느질이 때로 번거롭기도 했다. 옷 한 벌을 만드는 데 많은 시간을 필요로 하는 누비가 좋아서 창녕에 누비 하는 사람을 찾아가게 되었다. 거기서 승복 누비를 배웠지만 박물관에 있는 출토복식 누비를 깁고 누비 한복을 재현하기 시작했다. 누비를 하면서 옷이 실용적이고 과학적이면서도 아름답다는 걸 알았다. 밍크코트 대용으로 누비 외투를 만들면 사업성이 있을 것 같아 한복 누비를 했다.

봉암사 산 너머 문경에서 누비 승복을 하던 할머니 밑에서 승복을 만들었다. 할머니는 한때 수덕사에서 상궁에게 누비를 배웠는데, 상궁은 나라가 망하자 절로 들어와 몸을 의탁하고 있었다.

그는 누비를 배우면서 한복 누비를 했다. 인간의 기본 삶 중에서도 첫째가 의상이라 사업화하려고 학생들을 가르쳤다. 누비를 가르쳐보면 지금 사람들의 근기根氣로는 쉽게 적응하지 못해 삼십여 명을 가르치면 남는 이는 겨우 세 명에서 다섯 명밖에 되지 않았다. 그렇게 실패를 하고도 자신은 누비가 좋아서 세상만사 다 놓아버리고 누비를 계속했다.

누비의 좋은 점은 단순하다는 데 있다. 단순한 작업이기에 꾸준히 하던 그는 1992년 전승공예대전에 한복과 두루마기를 출품했다. 두루마기는 유물 114호인 광주 이씨 출토복식을 재현했다. 무명천에 다리미로 누비 자국을 내고 홍화 노란 물로 염색했다. 당시 통도사에서 쪽물 단지를 안고 보름을 앓았더니 여덟 가지 쪽색이 나왔다. 흐려지다 맑아지며 하늘 색깔이 변하듯이 쪽색도 깊은 색 흐린 색 다양했다. 공들여서 안 되는 건 없다. 쪽을 들이는 마지막 날 꿈에 뭉게구름이 일어나 따라가다 일주문 앞에 섰다. 선몽先夢까지 한 쪽색으로 치마를 만들고, 옻나무 염색으로 노르스름한 상아색을 내어 저고리를 만들었다. 소방목으론 목홍색을 내어 고름을 달았는데 성심으로 만든 단아한 누비 한복은 그해 국무총리상을 받았다.

"그때 어떤 사람이 나는 십 년을 해도 입선만 하는데 어떻게 당신은 한 번 만에 큰 상을 받느냐고 해요. 그 사람 작품을 들여다보니까 생명이 없어요. 진정한 작품은 무정물 가운데 생명이 있어요. 작품이라면 적어도 생동감이 있어야 하지요. 공을 들인 작품은 적어도 육안으로 볼 수 있는 힘이 있어요."

이 년 뒤 그는 전승공예관 초대전을 하고 1996년에 중요무형문화재 107호 누비장으로 지정되었다. 처음엔 침선장으로 지정하겠다 하여 그가 보류했다. 바느질을 잘하는 사람은 많으니 더 세분화되어야 한다고 누비라는 분야를 만들어달라고 제의했다. 이렇게 김해자로 인하여 누비라는 분야가 새로 개척되고, 잊혀가던 우리 누비의 아름다움이 생활 속으로 들어서게 되었다.

이 년 전 일본에서 한국 누비전이 열렸을 때다. 그는 한국 누비의 아름다움을 옷으로, 말로 알렸다. 중국과 일본 누비는 기교로 하는 퀼트다. 소품으로 이용할 뿐이다. 한국 누비는 옷 전체를 마음에 담아서 정성으로 한다. 정신적 세계다. 꾸밈이 없는 상태에서 잡스런 기교가 떨어져나간 최고의 무기요 작품이요 아름다움의 극치이다. 그의 한국 누비 전시가 반향을 일으켰는지 그즈음 일본 TV방송에 누비에 대한 퀴즈가 출제되었다. "한국의 퀼트를 무엇이라고 부르는가?"가 문제였다. 답은 "누비". 한국의 대표음식이 김치로 세계에 알려지듯 한국 전통 의상의 고유한 바느질로 누비가 이웃나라에 알려졌다. 언젠가 그 아름다움은 세계를 누빌 것이다.

"전통문화의 대의는 정성이에요. 누비는 그 대표라 할 수 있어요. 땀으로서 공을 들여요. 정성의 으뜸이에요. 누비는 테크닉도, 눈으로 보이는 미적 감각의 세계도 아니에요. 누비란 전체를 하나로 엮는다는 뜻이니 우주철학이지요."

| 새벽―동해 oil on canvas 72.7×53cm

도를 닦는다는 생각 없이 똑같이 반복하다보면 자기 반영이 먼저 된다. 창작 이전에 자기 실상을 볼 수가 있다. 끊임없이 일어나는 번뇌. 바느질중에 번뇌에 휘둘리기도 하지만 번뇌를 놓고 쉬고 몰입하다가 군더더기가 떨어져나간다. 일 분, 십 분, 백 분 장시간 인욕에 따라 결과가 달라진다. 단순하기 때문에 닦여진다. 그러니 먼저 사람이 되어야 한다. 근본 이치를 터득해야 한다.

그는 경주에 자리잡으면서부터 일반인을 대상으로 누비 교육을 해왔다. 대부분이 누비의 아름다움을 접하려는 여성들이지만 최고에게 배우겠다는 명분으로, 욕심에서 오는 사람도 있다. 누비를 배우려고 많이 왔는데 사실상 평생 하던 습관 때문에 정교한 누비를 하기에는 더 많은 노력이 필요하다고 그는 말한다. 누비의 가치관을 이해하지 못하면 이 작업을 지속할 수가 없다. 가능성의 기술적인 면은 그리 어렵지 않다. 단순하기 때문에 성품을 다스릴 수 있는 인성을 갖추지 못하면 작업을 지속할 수가 없다. 첫째로 자질 개선부터 한 뒤 기능을 가르쳐야 좋은 작품을 할 수 있다. 실생활에 이득이 되려고 하는 것은 작품이 되지 않는다. 요령이나 테크닉을 배우려 하면 제대로 되지 않는다. 하는 자체를 좋아해야 누비가 된다. 목적이나 욕망을 가지고 하면 마음이 급해서 삐뚤삐뚤하다. 누비를 배우다가 좋아서 하동서 경주로 이사 온 한 수강생은 누비를 시작하기 전에 주위를 정리한다. 마음이 분주해선 작품이 되지 않는다는 것을 알기 때문이다.

"단순노동이라고 해도 바느질이 결코 쉽지 않아요. 올 하나를 다투어요. 그래야 옷 하나도 제대로 나오지. 자기의 기존 관념을 버려야 해요. 재단 때 올을 보고 잘라도 가위질이 삐뚤어져요. 쉽게 배운 것과 어렵게 배운 것이 달라요."

누비를 하다보면 자연과 조화되는 전통 의상에 늘 감탄하게 된다. 누비옷은 명주나 무명 등으로 만드는데 안에 넣은 솜도 태양에 비어져 나오고, 흐린 날은 나오지 않는다. 솜이 해바라기를 한다니 살아 있는 자연임을 느낀다. 이러한 자연 섬유에 한 땀 한 땀 바느질한 누비옷은 천년만년 싫증이 나지 않는다.

천연염색은 또 얼마나 완전한가. 쪽과 홍화는 색의 기본인데 쪽은 가장 실리적이면서 색으로서 완벽하다. 방습, 방충이 되고 항균성이 있어 미생물이 살아 있다. 생명의 에너지가 천과 함께 숨쉰다. 천연염색은 우주의 에너지를 끌어오는 것이라 힘이 있고 혼의 세계를 가지고 있다. 쪽은 하는 사람의 성품을 먹고 토해내므로 금기도 많은데 마음이 불안정해도 안 되고 상갓집에 갔다 와도 안 되고 누가 들여다봐도 안 된다. 쪽은 그만큼 힘들고 성공하지 못한 사람이 많다.

중학교 때 친구들은 놀러가면서 그를 떼어놓았다. 요즘 말로 왕따를 시켰다. 그가 끼면 분위기가 굳어지기 때문이다. 행위가 되지 않았다. 누가 말해주었다. "언니, 말 안 하고 있으면 무서워" 하고. 그가 침묵을 지키고 있으면 동요 없는 함량이, 에너지가 두려움을 주었다. 그래서 그는 어릴 때도 자연을 친구 삼아 혼자 산으로 들로 다녔다.

이십대 때 제주도에 머물며 노인 복지시설에서 봉사를 했었는데 무용가 이매방 선생이 위문 공연을 온 적이 있었다. 위문 공연이 끝나고 선생이 공연에 초대하기도 했다. 뭍으로 나가는 배 안에서 이매방 선생을 뵈었는데 그를 무용하는 사람으로 알고 "나 따라가자"고 했다. 같이 무용하자고. 고수는 고수를 알아본다. 그의 끼를 알아본 것이다. 예술가의 기를.

스물일곱에는 고승 서화전에서 경봉스님의 글을 보고 글을 배우려 통도사 극락암으로 경봉 큰스님을 찾아갔다. 그때 비구니가 하루만 절을 봐달라고 부탁해서 스님께 공양을 올렸는데 음식 솜씨가 좋은 것을 보고 사람을 구하지 않았다. 그는 일 년간 경봉 큰스님을 시봉했다. 계절 따라 과일로 화채를 만들거나 사과를 졸이고, 송이가 나면 조선간장으로 재어 엿물과 생강으로 송이 장조림을 만들었다. 오미 오방색으로 최고의 미각을 창조하는 그를 보고 경봉스님은 "사람 자체가 국보"라고 했다.

인연이 닿아 만난 사람들도 "내 모습의 자화상밖에 되지 않아" 떠나고, 인생의 신고를 겪으면서도 누비로 마음을 평정하며 노년에 이르렀다. 인간문화재가 되려고 바느질을 한 것도 아니고 생활의 방편으로 시작한 것인데 사람을 만나기 싫어서 집에만 틀어박혀 죽어라 바늘만 손에 잡고 있었다. 그렇게 자신을 닦고 닦아도 어느 날은 삶이 너무 버거워 이름을 바꾸러 작명가에게 간 적도 있다. 바다의 아들 해자海子라는 이름의 하명. 저 바다처럼 모든 것을 받아들이라니 이 업장을 언제까지 치러야 하나. 그러나 작명가는 "당신은 이름을 바꾸어도 다시 그와 같은 이름을 받을 수밖에 없다"며 그를 사바세계로 돌려보냈다. 그도 알 것이다. 작은 그릇엔 작은 것이 담기고 큰 바위엔 큰 파도가 친다는 것을. 생의 거센 물결을 외로이 누비며 조선의 진정한 미를 한몸으로 창출한다는 것을.

변하는 건 산천이 아니라 사람이다
| 오릉의 겨울 숲에서

무엇이 바빴는지 올가을은 산책도 몇 번 하지 못하고 흘려보냈다. 어제 밖으로 나서다 금빛으로 물든 능을 보고 감탄했다. 내가 좋아하는 계절 11월이다. 땅은 수확물을 돌려준 뒤 겸허하게 비어 있고 나무는 잎을 떨구어 대지를 덮는다. 아름다운 귀환이다. 겨울 태양 아래 숙성하는 금빛 대지에 귀기울이면 침묵 속의 활기를, 죽음 속의 신생을 느낄 수 있다. 메마른 겨울바람 속에 봄의 싹을 잉태하고 있는 자연의 순환을 감지할 수 있다.

날도 따뜻하여 무거운 머리를 식힐 겸 오릉으로 걸음을 향한다. 남천엔 시냇물이 졸졸 흐르고 백로 두 마리가 먹이를 찾는지 얕은 개울을 걸어다닌다. 처음 경주에 살 때 자주 남천을 산책했다. 집이 남천 가까이 있어서 저녁을 먹은 후 산책하기 좋았다. 여름이면 아이들이 물에 들어가 그물로 고기를 잡고 물이 불으면 수영도 했는데 내가 유년에 보던 풍경과 똑같았다. 신라 때부터 신월성을 끼고 흘렀던 남천은 지금도 별로 변한 것이 없는데 변한 것은 산천이 아니라 사람이다.

다리를 건너 오릉 담 밑으로 걸어가니 맞은편에 훤칠한 한옥 건물이 눈에 들어온다. 꽤 전에 이곳에 들어선 꽃마을경주한방병원이다. 건축주가 경주 사람이 아닌 외지인이라는데 멋진 한옥이 오릉과 잘 어울려서 보기에 근사하다. 병원이라 두 개의 작은 솟을대문이 늘 열려 있고 조경도 좋아서 언젠가 안으로 들어갔더니 안뜰에 놓인 건조대에 갖가지 약재가 진열돼 있었다. 행인, 구기자, 오미자, 대추같이 일반인이 아는 약재도 있고 달큰한 냄새가 풍겼다. 정말 경주다운 풍경이었고 언젠가 한약을 써야 할 땐 이곳에 진찰을 받으러 오리라 생각했다. 돈을 제대로 쓸 줄 아는 안목 있는 건축주에 대한 신뢰였다. 의식 있는 시민단체가 있다면 이런 건물을 세운 건축주에겐 명예시민상을 주고 고도의 풍광을 깨트리는 아파트 업주들과 설계자들에겐 떠나라! 하고 고개를 돌려야 하지 않을까.

솔숲에 에워싸인 금빛 능이 나무 사이로 보인다. 신라 시조왕 박혁거세와 부인 알영, 2대 남해, 3대 유리, 5대 파사 등 박씨 왕이 묻혀 있다고 전해지는 오릉이다. 크기와 간격이 제각기 다른 다섯 기의 능들이 무정형으로 이지러져 보다 자연스럽다. 철책을 따라 걸으면 능선들이 위치에 따라 변화하는데 선도산과 능선들이 겹쳐지는 서향의 풍경이 압권이다.

오릉의 겨울 숲에서

석양의 하늘로 새떼가 날아가 장관인데 초겨울 솔숲은 스산하기 그지
없다. 누런 솔잎들과 낙엽 더미들, 군데군데 던져둔 억새와 넝쿨 건초 더
미가 스러져가는 광선에 까치집처럼 어수선하게 드러나 있다. 황폐한
풍경을 바라보며 나무 아래 서 있으려니 문득 며칠 전 본 중국 화가 당인
唐寅의 그림이 떠오른다. 한 학자가 나무 아래 등나무 의자에 기대어 명
상에 잠겨 있는 그림이었다. 내 마음을 끈 것은 그림에 쓰인 제시 해설
이었다.

"내 삶에서 공명에 대한 생각을 모두 떨쳐버린다. 늙은 회화나무 아래
에서 꾸는 꿈속에서마저도."

어떤 사건에 연루되어 평생 과거시험을 볼 수 없게 되자 거의 폐인이
되어 불교에서 해탈을 구하고자 했던 당인. 인생이란 꿈, 환상, 거품, 그
림자, 이슬, 번개, 이 여섯과 같다고 육여거사六如居士라 호를 짓고, 생계
를 위해 그림을 팔면서 이렇게 탄식하기도 했다.

"나는 팔기 위해 신선한 대나무를 그리겠지만 시장의 죽순은 흙같이
흔할 뿐이다."

가난으로 병들어 쉰넷에 세상을 떠났지만 천재성이 있는 그의 그림은
중국 회화사에 남았다. 고통의 대가일까. 치열한 자기와의 싸움, 산 넘
어 산 같은 예술의 길, 또 끝을 알 수 없는 인생을 생각하면 어린아이처

럼 두렵기도 하다. 나무 위로 날아가는 새의 날갯짓이 오늘은 힘겹게 보
이는데 겨울 숲에서 걸음을 옮기며 당인의 또다른 시를 외워본다.

    취하여 춤추고 노래하길 오십 년

    꽃(과 여자) 속에서 즐거움 찾으며 달빛 아래서 잠을 잤지

    비록 내 이름이 세상에 널리 알려졌다 해도

    누가 믿으랴 허리춤엔 술 살 돈도 없다는 것을

    책을 들고 선비라 자청하는 것도 부끄러운데

    뭇사람들 날 보고 신선이라 한다네

    얼마간 힘들여 노력한다 해도

    가슴 앞 한 조각 허공조차 어쩔 수 없는데

밤의 대기 속을 헤매니
우리는 친구가 아니냐
| 밤의 고도에서

경주는 온 도시가 유적지라 해도 과장이 아닐 정도로 문화재가 산재해 있지만 정작 밤에는 고도의 특성을 맛볼 수 없다. 사적지마다 문을 닫으니 시내에 있는 노서동 고분공원이나 거닐 수 있을 뿐이다. 뜻있는 사람들이 밤에도 고도의 정서를 보여줄 수 없을까 고심했는데 작은 변화가 생겼다. 오후 여섯시면 문을 닫는 동궁과 월지, 그리고 대릉원이 밤 열시까지 개장된 것이다. 시내 가운데 있어서 담만 없다면 시민의 공원으로 훌륭하게 활용이 될 터인데 담이 가로막아서 노서동 고분공원처럼 애용되지 않았다. 이젠 시민들이 드넓은 대릉원을 밤에 산책해도 될 터이다. 관광객도 보문단지의 노래방에 갇혀 있는 대신 옛 선조들이 묻힌 능원을 가로등 따라 산책한다면 고도의 밤을 잊지 못하리라.

이날 시내에 나갔다가 돌아오는 길에 대릉원 후문으로 들어갔다. 예전엔 후문을 막아놓아서 담을 따라 둘러 집에 가야 했다. 벚나무 가로수

길도 나쁘지 않으나 집으로 가는 길에 능 곁을 지나며 검푸른 하늘에 떠 있는 달을 보기도 하고 풀벌레 소리를 들을 수 있다니 경주가 주는 행운 이다. 언덕 같은 능과 능선이 좋아서 능이 밀집된 동네에 살고 있으니 말 이다.

능원에 들어서니 화단에 서 있는 앙상한 나무가 눈에 들어오는데 모 과나무란 푯말이 붙어 있다. 잎이 무성한 여름에도 나무를 잘 구별할 수 없으니 앙상한 가지만 뻗어 있는 겨울나무는 더욱 분별할 수 없다. 빈 가 지의 겨울나무들이 본질 자체로 서 있으니 무슨 분별이 필요하랴.

두 개의 곡선이 허공에 이어진 황남대총 곁을 지나 능원 안쪽으로 걸 어간다. 키 높은 황색 가로등에 눈이 부신데 조명은 낮게 설치할수록 환 상적이다. 상해에 갔을 때 와이탄 강변 맞은편에 늘어선 서양식 옛 건물 들이 그럴 수 없이 고풍스럽고 품위 있게 보였던 것은 아래에서 위를 비 추는 키 낮은 조명의 효과였다. 능 몇 군데엔 조명등이 땅에 설치되어 능 선이 아름답게 솟아 있는데, 밤에도 고도의 미를 만끽할 수 있으니 경주 가 이제야 관광지로서 구실을 하는 것 같다.

가로등 때문인지 주위의 도심 불빛 때문인지 능원에서 올려다보는 하 늘도 그닥 어둡지 않다. 금빛으로 솟아 있는 둔덕 위로 군청색 하늘에 흰 구름이 흐릿하게 떠 있다. 높이 이십이 미터의 황남대총은 경주 고분 중 가장 큰 쌍분인데, 금과 마구류 등 기마민족의 생활상을 보여주는 유물이만 사천구백 점이 출토되었다. 17대 내물왕이 묻힌 것으로 추정되는 남분에선 십오 세 전후의 소녀 뼈와 치아가 발견되었다. 천육백 년 전 이 거대 고분에 순장된 소녀는 누구일까. 천육백 년 전이라는 세월이 형용할 수 없을 만치 까마득히 느껴지면서 한편으론 고대 왕의 무덤 옆을 지금 걸어가고 있다니 감격스럽기도 하다.

황남대총을 돌아 뱀 허리처럼 꼬불거리는 오솔길로 들어서면 앞과 좌우로 금빛 능선들이 겹쳐지기도 하고 이지러지기도 하면서 숨바꼭질하듯 고분들이 이어진다. 대릉원에서 가장 아름다운 길을 가로등 아래로 홀로 걸어가니 어디선가 길냥이 소리가 들려온다. 할퀴는 것 같기도 하고 사납게 가르릉거리는 것이 발정기인가보다. 예전엔 왠지 고양이를 좋아하지 않았지만, 이젠 지붕 위로 다니는 고양이를 위해 생선도 놓아두고, 사람에게 길들여지지 않는 야성이 사랑스러워 쓰다듬어주려고 한다. 인적 없는 빈 능원에서 나와 너만 밤의 대기 속을 헤매니 우리는 친구가 아니냐.

대릉원을 나선 뒤 곧바로 길을 건너 계림로로 향한다. 모처럼 밤의 정취에 젖어 남천까지 보려는 것이다. 거목들이 늘어선 계림에도 땅에 조명등이 설치되어 숲이 어둠 속에 신비하게 떠올라 있다. 계림을 지나 교동으로 들어서니 신라 기와 문양이 찍혀 있는 담장이 이어진다. 경주에서만 볼 수 있는 풍경이다.

월성 둔덕 아래 월성교지 빈터엔 흩어진 석재들이 늘어서 있다. 경덕왕 때 축조된 다리라는데 발굴 조사 때 석재들이 출토되었다. 고즈넉한 옛 돌 위에 앉자 앞으로 흐르는 남천 물소리가 제법 서늘하고 가까이서 삐삐삐, 이름 모를 새가 운다. 다리 건너 도로로 불빛을 달고 차만 다니지 않으면, 갑자기 정전이 되어 온 천지가 캄캄하다면, 신라의 밤으로 돌아갈 수 있을 것만 같다.

어둠 속에서 굽이 흐르는 남천을 따라 교동 마을 건너 신원사 쪽을 바라보니 문득 비형이 떠오른다. 진지왕이 생전에 합환의 꿈을 이루지 못하고 죽은 뒤에야 유부녀 도화녀와 맺어져 낳은 아들이 비형이다. 비형은 밤마다 천변에서 귀신을 데리고 놀았고, 왕의 명령으로 귀신들을 부려 하룻밤에 큰 다리도 놓았다는데, 조선조의 원한에 찬 귀신이 아니라 사람도 돕고 함께 노는 신라 귀신들이 귀엽기만 하다. 제도화될수록 문명화될수록 억압이 많고 행복과 멀어지니, 죽은 자의 혼령인 귀신도 마찬가지다. 밤마다 비형과 노는 신라 귀신들의 유쾌한 모습은 금빛 알에서 태어났다는 밝음의 왕자인 우리 선조들의 원형 같은데, 한밤 남천가에서 잃어버린 자신을 뒤돌아보게 한다.

| 새벽―길 oil on canvas 150×80cm

영혼의 DNA가 동일한
| 겨울의 거리에서

12월이 되면 공연히 마음이 분주하다. 갈빛 낙엽이 융단처럼 깔린 11월의 숲길을 걸으면 나까지 고요해져 헐벗은 나무처럼 마음을 비우게 되지만 연말이 닥쳐오면 달력의 마지막 장을 들여다보며 무언가 마무리해야 할 것 같아 서성인다. 평상시 왕래가 뜸했던 지인도 만나서 흘러가는 한 해를 돌아보고, 보답할 사람이 있으면 시집 한 권이라도 건네면서 감사를 표시한다. 예전엔 그렇게 마무리할 일이 많아서 수첩에 적을 정도였는데 나이가 들면서 인간관계도 간소화되는지 이젠 개인적으로 가까운 사람만 만나게 된다.

며칠 전엔 번역가 L을 만났다. 근 이십 년 가까이 만나온 사이이고 같은 동네에 살기도 하여 자주 만났지만 내가 경주로 거주지를 옮기면서 일 년에 두세 번 보는 것으로 만족해야 했다. 올해는 지난 2월에 한 번 만나고 서로 연락조차 못했다. L은 건강이 좋지 않아 칩거하듯 살고 있으니 내가 무심했다.

L은 병원을 이웃집처럼 드나들면서 이해에도 책 한 권을 번역했다. 거기다 가을에 이사까지 했으니 큰일을 두 가지나 한 셈이다. 소설을 쓰지 못한 나에 비하면 맹활약을 한 것이니 축하해야지. L은 만나자마자 자신이 번역한 러시아 무용가의 일기에 관해 열정적으로 들려주었고 나는 시간 가는 줄 모르고 천재 예술가에 빠졌다. 나보다 한 세대 위이고 보수적이라 어려울 때도 있지만 이러한 공감, 예술에 대한 사랑이 우리를 친구로 묶어준 것이리라. L은 요즘의 상업적인 출판물과 세태에 대해 탄식하다가 우리는 돈 주고 시켜도 그렇게 못한다고 고개를 내저었다. "DNA가 달라." L의 표현에 감탄하며 나는 맞장구쳤다.

뒤돌아보니 허망하게 육십 년이란 세월이 흘러갔지만 그동안 숱한 사람들이 곁을 스쳐갔다. 나쁜 인연은 불에 데인 듯 끊고 좋은 인연도 유성처럼 흘러가, 지금까지 지속되는 가까운 관계는 손으로 꼽을 정도이다. L의 표현을 빌리면 DNA가 같은 사람이 남아 있는 것 같다. 영혼의 DNA가 동일한.

과학의 발달로 언젠가부터 DNA라는 단어는 어린아이도 만만히 여기는 낯익은 용어가 되었다. DNA 검사로 부모 자식임을 입증하려는 사건들도 심심치 않게 지면에 오르고 오천 년 전의 미라에서도 DNA를 분석할 수 있게 되었으며 인류의 족보를 캘 수도 있다. DNA 추적이란 다름

| 새벽 oil on canvas 72.7×53cm

아닌 우리의 근원에 대한 추적인데 그러고 보니 나 역시 한 인간으로서 영혼의 DNA를 추적하며 살아온 것이 아닐까.

친구며 연인을 추구하는 것도 닮은꼴인 영혼의 유전인자를 찾기 위해서이고, 위대한 작가의 책을 읽고 음악을 듣는 것도 예술을 통해 본질에 다가가기 위해서이다. 어느 때는 길을 잘못 들어 고통을 받기도 하지만 경험은 어리석은 자도 깨우쳐주어 결국은 제 길을 찾아가도록 해준다. 정신만 치열하다면 말이다.

사람도 거리도 복잡한 서울에서 보름 만에 돌아와 금빛 능을 바라보니 고도와의 만남에 새삼 안도하게 된다. 경주를 발견하지 못했더라면 나는 아직도 무국적자로 세상을 떠돌아다녔을 것만 같다. 필연같이 경주를 찾아오면서 긴 방황도 매듭지어졌는데 이 땅의 무엇이 나를 강하게 붙드는 것일까.

거대 고분의 주인공들인 신라인의 기상, 자유로움과 미에 대한 찬사, 대의를 위해 몸을 던지는 올곧은 충정과 바위마다 부처를 새긴 종교심은 늘 나를 고양시킨다. 내가 경주에 이토록 친화력을 느끼는 것은 내 영혼의 유전인자가 신라 혼의 DNA와 같기 때문이고, 내가 경주로 돌아온 것도 자신의 근원으로 돌아온 회귀인 것만 같다.

또 한 해가 강물처럼 흘러간다. 숫자란 그저 하나의 매듭일 뿐이지만 우리는 자신의 근원을 찾아 오늘도 흘러간다.

경주의 역사가 묻어 있는 수원水源

| 북천에서

안내문

본 구간은 북천 둔치 정비 구간으로 경작을 금합니다.

공사명 : 북천 문화환경 생태 보전 자연학습단지 조성 공사

북천변을 산책하려고 차에서 내려 둑 아래로 내려가니 푯말이 서 있다. 환경 생태 보전이라니 반갑다. 보문단지를 끼고 동천동 앞으로 흘러 시내를 가로지르는 북천은 서천, 남천과 함께 경주의 역사가 묻어 있는 수원水源이다. 『삼국사기』와 『삼국유사』에도 북천이 나오는데 38대 원성왕의 운명은 북천과 밀접한 관계가 있다.

37대 성덕왕 때 이찬 김주원은 수석 재상, 원성왕 김경신은 각간의 지위로 차석에 있었다. 하루는 김경신이 꿈을 꾸었는데 두건을 벗고 흰 갓을 쓴 채 손에 십이 현금을 잡고 천관사 우물 속으로 들어갔다. 점쟁이가

악운이라고 해몽하여 경신은 근심에 잠겼으나 여삼이 다시 듣고 길한 꿈이라고 일러주었다. 흰 갓은 면류관이요, 천관사 우물에 들어간 것은 대궐에 들어갈 조짐이라고. 여삼은 이어 비밀히 북천 신에게 제사를 지내면 그대로 될 것이라고 일러주었다.

과연 얼마 뒤 후계자 없이 선덕왕이 죽고, 신하들은 김주원을 왕으로 세우려 했다. 주원의 집은 개천 북쪽에 있었는데 마침 큰비가 내려 알천의 물이 불어나 건너오지 못했다. 이에 어떤 이가 "임금의 지위에 나아가는 것은 사람이 도모할 수 없는 것이니, 오늘 폭우가 쏟아지는 것은 하늘이 주원으로 하여금 왕으로 세우려 하지 않기 때문이 아닐까" 하고 경신을 천거했다. 순식간에 의견이 일치하여 경신이 왕위에 올랐으니 꿈이 들어맞은 셈이다. 이로써 원성왕은 사람의 성공과 실패에 관한 운명을 알게 되어 〈신공사뇌가身空詞腦歌〉라는 노래를 지었다 한다.

정월이라 내는 얼어 있고, 마른 억새와 돌밭이 이어진 고수부지가 황량하지만 포근하게 느껴진다. 봄날같이 따뜻해서일까. 앞으론 건물들 사이로 남산이 보이고 서쪽으론 선도산이 보이는데 몇 걸음 걸어가니 잔디와 나무로 공터를 조경해놓았다. 군데군데 돌까지 배치하여 운치가 나고, 인공을 가하지 않아 대만족이다. 넓기만 하여 인공적으로 보이는 한강은 가슴에 안기지 않지만 북천엔 삶의 숨결이 묻어 있다.

조금 걸어가니 사내아이 넷이 둑 아래 돌밭에서 건초를 태우고 있다.

돌이 그을리는 것이 보기 싫어서 왜 불을 지르지? 물으니 한 아이가 고구마를 구워요, 일러준다. 그렇다면, 하고 나는 거든다. 지푸라기를 더 가져와 태우라고. 아이들은 가위바위보를 하고, 진 아이 둘이 지푸라기를 주우러 간다. 이긴 두 아이가 돌아보며 말한다.

"고맙데이."

아이들의 사투리는 예쁘기만 하다.

좀더 걸어가니 사내아이 둘이 얼어붙은 냇가에서 놀다가 방둑 쪽으로 올라간다. 손에 통발을 들고 있어 고기를 잡았느냐 물으니 "고기 없어요" 한다. 강이 얼었는데 고기를? 내 말에 아이는 "이 통발 주운 거예요" 일러준다. 얼어붙은 겨울 강에서 고기를 찾고, 능 위에서 미끄럼 타던 유년의 추억이 아이의 정서를 살찌우리라. 삭막한 아파트에서 자연과 격리되어 성장하는 도시 아이들과 비교하면 경주 아이들은 행복지수가 높지 않을까.

잔디로 조성된 북천변 단지를 개와 함께 산책하는 시민도 보이고 다리 아래로 혼자 걸어가는 여성도 보인다. 고수부지에 돌이 많아서 살피다가 조형적인 돌 하나를 집어든다. 한 손에 잡히는 크기지만 가볍지 않아서 다시 제자리에 둔다. 이젠 돌 하나라도 소유를 자제해야 한다. 돌을 좋아하여 작년 밴쿠버에 갔을 때도 해변에서 두 개나 주워왔지만 어느 날 모든 것을 정리하고 떠난다면 버릴 것이 분명하다. 자연은 제자리에서 감상하는 것이 최선이다. 예전엔 물건도 충동적으로 사곤 했지만 이제는 꼭 필요한 건지 생각한 뒤, 꼭 갖고 싶다면 최소의 양으로 구입한다. 필연적으로 사야 하는 책이나 시디도 짐으로 느껴져 망설일 때가 있다. '비우기'를 시작하는 나이이다.

다리 위로 오가는 차 소리가 시끄럽지만 물이 흘러가는 개울에 징검돌이 놓여 있다. 돌을 딛고 건너서 배추밭을 지나 둑 위로 오르니 도로 맞은편에 나무로 에워싸인 분황사가 눈에 들어온다. 어디나 사람이 몰려들 것 같아 신년에 절에도 가지 않았으니 이날 가리라. 약그릇을 들고 있는 약사여래 앞에서 새해의 기도를 드리자. 사람의 성공과 실패의 운명은 천지의 법칙이라니 순명하겠으나 지친 이가 더이상 자신을 소진하지 않도록 지혜의 눈을 뜨게 해주십사고.

| 산길 oil on canvas 72.7×50cm

영악함 없는 이 느림

| 고분공원 벤치에 앉아서

올 들어 경주에 폭설이 두 번 내렸다. 칠 년 만의 추위라고 초봄까지 몸을 움츠렸더니 벚꽃도 어느 해보다 늦게 피고, 다른 꽃들도 순서 없이 한꺼번에 피어났다. 유달리 겨울이 길더니 이변이구나 싶었는데, 봄을 음미할 틈도 없이 5월도 되기 전에 갑자기 기온이 올라가 여름을 방불케 했다. 다가올 열기를 예고하는 듯하더니 과연 올여름에는 십 년 만의 무더위가 몰려온다고 한국전력공사에 비상이 걸렸다는 소식이다.

지난해 두 권의 책을 펴냈지만 실제적으로는 일을 하지 않았고, 올해도 어느 사이 여름이 다가오는데 아무것도 시작하지 못했다. 겨울에는 추위 탓을 하며 게으름을 누렸지만, 이제부터는 더위를 핑계대고 늘어지지 않을까? 글쓰는 일을 업으로 삼은 지 삼십여 년이 됐지만 소설쓰기가 산 넘어 산같이 늘 힘겨워 피하고만 싶다.

오랜만에 S와 점심 약속을 하여 일찍 집을 나선다. 먼저 병원에 가려는 것이다. 앞뜰의 이팝나무에 실같이 늘어진 흰 꽃무리는 폭죽을 터트린 것 같은데, 본견 빛깔의 모란은 어느새 지고 말았다. 동네 길과 연결된 산림환경연구소 뒷문 울타리에는 아카시아 꽃이 피어 있다. 올 들어 아카시아 꽃을 처음 보았다.

나무도 크지 않아 가지 끝에 늘어진 상앗빛 꽃초롱이 손에 닿는다. 달콤한 향기를 맡으면서 반사적으로 요리를 떠올린다. 누군가 아카시아 꽃에 찹쌀 튀김옷을 입혀 튀기면 일품요리가 된다고 했다. 오늘 돌아오는 길에 이 꽃들을 따 저녁상에 아카시아 튀김을 올리자. 꽃 하나를 따 씹으니 감미로운 즙이 입안에 돈다. 튀기면 향은 분명 사라지겠지만 신선한 꽃맛은 느낄 것 같다.

내 경험으로 말하자면 음식 중 가장 맛있는 것은 역시 날것이다. 십오년 전 미국에 갔을 때 아침 뷔페에 차려진 날 시금치를 먹어보고, 여태 먹어온 데친 시금치나물은 맛도 아니구나 하고 생각했다. 전에는 빈대냄새가 난다고 싫어했던 향채 고수도 인도에서 맛을 들여 매일 먹다시피 했는데, 경주에 온 다음해인가 봄 시장에 나온 원추리를 한아름 사다 그날 저녁식사로 먹었던 기억이 난다.

날것으로 먹어도 된다고 시장의 할머니가 알려주었지만 날 채소에 독성이 있었는지 그날 밤새 수돗물이 쏟아지듯 설사하고 토하고 난리를 치렀다. 그뒤로는 봄나물을 생식하지 않았지만, 올봄부터 집 마당에 피는 민들레를 뜯어먹고 민들레에 단단히 맛이 들었다. 그 쌉싸름한 맛의 신선함을 어디에 비할까? 산림환경연구소를 산책할 때도 민들레가 있는지 땅만 보며 마냥 걸어가기로 한다.

"깍깍—" 가까이에서 조류의 울음소리가 들려 동물원으로 발길을 돌린다. 산림환경연구소에서 조류나 너구리, 멧돼지, 사슴 등 짐승들을 키우고 있어 아이들이 견학 오기도 한다. 십여 마리의 토끼가 첫번째 우리에서 풀을 뜯어먹고 있다.

서울로 이사한 첫해에 야산이 있는 안암동 집에서 토끼를 키웠던 추억이 있다. 눈알이 빨간 흰토끼였는데, 상추를 엄청나게 먹었다. 내 용돈으로 상추를 사 날랐지만, 아카시아가 만발했을 때 데리고 나섰다가 토끼를 잃어버린 것도 기억난다.

산림환경연구소의 토끼들은 쥐색과 갈색이다. 우리 앞에 서자 토끼 두 마리가 가까이 다가와 철망 사이로 주둥이를 내민다. 토끼는 순해서 사람을 피하지 않는구나. 발치에 민들레 줄기가 있어 꺾어 내미니 토끼가 받아먹는다. 우리는 꽤 넓은데, 녀석들이 두어 군데 땅굴을 파놓았다. 동물의 본성이다. 아무리 넓어도 우리는 우리이고, 토끼는 배불러도 단조로운 이 감옥에서 땅굴을 파며 제 야성의 길을 만든다.

청둥오리, 너구리, 오소리, 공작을 차례차례 들여다본다. 너구리의 뾰족한 얼굴은 어릴 때 엄마가 목도리로 두르던 바로 그것이었다. 친구들이 집에 놀러오면 박제된 너구리 눈이 예쁘다고 만져보고는 했는데, 바로 그 살아 있는 눈은 사람을 피해 제 둥지 속으로 들어가버린다.

수컷 공작은 긴 꼬리를 우아하게 끌며 암컷들을 거느리는데, 두어 달 전 공작 한 마리가 바로 내 방 남창 앞뜰에 그림같이 앉아 있었다. 정수리에 솟은 깃대는 관처럼 위엄이 있었고, 공작의 출현으로 우리집은 낙원이 된 것 같았다. 나는 창으로 공작의 부동자세를 한없이 지켜보았다. 이틀간 공작은 자리를 떠나지 않았지만 들고양이가 훼방을 놓아 푸드덕거리는 소리가 들리더니 어디론가 사라졌다. 산림환경연구소의 공작이 우리를 벗어나 뒷산을 헤매는 것일까?

작고 통통한 새가 매실을 쪼아먹는 것을 바라보다 오솔길로 들어서니 흰 꽃이 눈처럼 피어난 산사나무가 양쪽으로 늘어서 있다. 바닥에도 자잘한 흰 꽃잎들이 흩어져 신부가 지나간 길 같고, 은은한 꽃향기가 얼굴에 감긴다. 북한에서는 찔광나무라고 부르며 액운을 막아준다 하여 신성시한다고 푯말에 쓰여 있다. 무성한 흰 꽃이 신성해 보이지 않는가?

이맘때 유난히 흰 꽃이 많이 핀다. 이팝나무, 조팝나무, 괘불나무, 고추나무, 미국산딸나무 꽃이 다 흰색이다. 아름답지 않은 꽃이 있을까만 역시 흰색이 가장 마음을 끈다. 흰 꽃과 초록 잎의 대비가 청순하고 간결

고분공원 벤치에 앉아서

하다. 달큰한 향기까지 황홀한 치자꽃과 산길에 흩어져 있는 때죽나무
꽃…… 조처럼 자잘한 꽃잎들이 몽글몽글 모여 있는 갈기조팝나무꽃이
예뻐 무심히 가지를 꺾어들다 그제야 길을 재촉한다.

산림환경연구소를 지나오다 시간이 지체돼 병원은 생략하고 곧장 S를
만났다. 기계치라 일찌감치 운전을 포기해 자연히 걷는 시간이 많아지
고, 이런 식으로 시간이 흘러간다. 경쟁적으로 생활하고 작업하는 도시
인들의 눈에는 나의 산책이 나태한 객기쯤으로 비칠 텐데, 루소식으로
표현하면 '걷기는 자연 안에 존재하는 방법, 사회 밖에 존재하는 방법'이
다. 과연 "혼자 걷는 사람은 세상에 존재하는 동시에 주변 세계와 동떨
어져 있다". 경주라는 환경이 나를 만보객으로 만들고, 나는 산책으로 탈
현실의 시간을 기꺼이 즐기고 있는지 모른다.

점심 후 차를 마시러 노서동 공원을 가로질러 가다 등나무 아래 벤치
를 보더니 S가 앉는다. 커피숍보다 한결 낫다며 내가 마주앉자 그는 어
릴 때 이야기를 이것저것 풀어놓기 시작한다.

중국 현대철학을 강의하는 S는 백과사전이라고 할 만큼 지식이 많고
자상하게 이야기를 잘해 좋은 말벗이 돼줄 수 있는 후배였다. 독문학을
전공한 부인은 내가 경주에 와서 처음으로 가까워진 도서관 사서이다.
S는 산딸기와 오디를 따먹던 이야기며 엿장수가 얇게 대패질하던 생강
엿의 독특한 맛에 대해 입에 침이 고이도록 세세히 설명했다. 가난했던

시절이어서 아이들의 관심은 늘 먹을거리였고, S는 전선을 엿과 바꿔 먹은 이야기까지 들려주었다.

한참 이야기를 듣고 있는데 중년 남자가 다가와 S가 앉은 벤치 끝에 앉았다. 잠시 후 또다른 사람이 와서 그 사람 맞은편 벤치에 앉더니 몇 마디 주고받았다. 일행인 듯했으나 그들은 별 할 일이 없는지 S의 이야기에 귀를 기울이며 잠자코 있었다. S의 이야기는 계속 이어져 소똥을 연료로 썼던 어릴 때는 쥐불놀이 깡통 속에 소똥을 넣었다며 지금의 인도와 비교하기도 했다.

중년 남자는 이제 S 옆으로 바짝 다가앉아 노골적으로 이야기를 들었고, 나는 좀 불편해졌다. 지극히 보편적인 이야기지만 '남이 이야기하는데 저렇게 다가앉다니…… 서울이라면 오히려 자리를 피했을 거다. 정말 경주구나' 생각하니 갑자기 웃음이 터져나오려 했다.

드디어 옆의 아저씨가 S에게 말을 걸었다. S의 기억력이 좋다고. S는 작가에게 도움이 될 것 같아 추억을 말하는 거라며 나를 가리켰고, 그러자 좀 전에 와서 옆에 앉은 또다른 젊은 남자가 내게 말을 걸었다.

"소설가라고요? 어떤 소설 쓰시는데요? 느낌이 좀 다르네요. 옷도 그렇고, 머리 스타일도 그렇고 신라 사람 같네요. 목걸이도 옛날 장신구 같고…… 시간 있으면 얘기 좀 하시죠. 소설 쓰는 데 도움이 될 텐데요."

고분공원 벤치에 앉아서

| 새벽—경주 oil on canvas 53×40.9cm

그는 무언가 프린트된 종이 한 장을 내밀었다. 굵은 활자체로 인쇄된 마음 '심心'자가 한눈에 들어왔다. 아마도 그들은 '심'에 대해 들으려고 모인 것 같았다. 불교의 다른 종파일까. 신라 사람 같다고? 가만히 웃음이 비집고 나와 고개를 드니 대릉원 담 위로 솟은 황남대총 곡선과 도로변의 낡은 기와집과 공터의 나무들이 눈에 들어왔다. 경주다운 풍경이었고 경주다운 자리며 경주다운 한담이었다.

전국에서 신호등이 가장 늦게 들어온 지방이 경주라고 한다. 신호등이 설치된 후에도 경주 사람들은 차가 오거나 말거나 여유만만하게 길을 건넜다고 한다. 외지인에게 경주의 인상을 물으면 느림에 대해 말한다. 시대의 흐름에서 비켜난 듯한 고도의 분위기 때문일 수 있고, 보수적인 사람들의 생활 방식이 그런 느낌을 주기도 한다. 몸담고 사는 도시를 위한 일도 자기의 편견이나 이익이 다칠까봐 저지하는 면모를 보면 혁신이 없는 보수 도시에서의 삶이 답답할 때도 있다.

삼십 년도 더 지난 이야기지만 동국대 경주캠퍼스가 들어서기로 하자 주민들이 반대했다고 한다. 지역 발전을 위해 두 손 들고 환영해야 할 일이지만 반대한 이유는 "경주여고 애들 바람 든다"는 거였다. 웃지 않을 수 없는 이런 일도 경주란 지방의 특수성이라 할까. 이렇듯 부정적인 요소들을 알아가기도 하지만 자연은 현상도 무마한다. 능을 스쳐가거나 서천을 오가며 강물의 흐름을 지켜보면 천년 고도를 누린다는 것에 감사하게 된다. 경주의 천연스러운 이 느림을 나는 좋아하고 느림 속에서

고분공원 벤치에 앉아서

현실적인 어떤 불이익을 당하더라도 버둥거리지 말자고 되뇌곤 한다.

　내가 경주에 사는 것은 느림을 존재의 방식으로 택했다는 것이다. 가능하다면 소설 작업에 대한 강박관념에서도 벗어나 은둔자로 자족하며 조용히 묻혀 살 수 있기를 바란다. 그러기에는 닦아야 할 나의 업이 아직 무거울지 모르지만.

역사와 함께 자연을 내 근처에 두는 방식

| 이 무위의 풍경 앞에서

보아하니 이른바 도시란 바로 수많은 좋은 것들을 내 근처에 두는 방식을 말하는 듯하다. 바로 점유이다. 점유란 수많은 좋은 것들을 내 근처에 두는 방식이다.—유명한 마천루, 박물관, 대극장 등(……)

얼마 전에 읽은 한샤오궁韓少功의 산문 중 도시에 관한 단상이 눈을 끌었다. 점유라, 그렇다면 나는 강산도 변한다는 세월 동안 경주에 살면서 무엇을 점유했나? 경주에 유명한 마천루나 대극장 같은 건 있지도 않고, 박물관이야 서울을 비롯해 열 개 도시가 갖추고 있다. 문화를 점유하는 것이 도시의 매력이라면 경주는 그 점에서 낙제다. 내가 서울에 가는 이유 중 하나는 연극이나 좋은 공연, 전시회를 보기 위해서다. 서울의 문화 집중 현상은 당연시되어왔지만, 유명 뮤지컬의 지방 공연 순회도 경주까지는 미치지 못해 대구에 가야 본다. 대극장을 필요로 하는 공연은 말할 것도 없고, 원하는 영화 하나도 경주에서 보지 못하는데, 음향 등 시설이 떨어지므로 부산 같은 대도시의 복합 영화관에 가기도 한다. 문화시설도 인구에 비례하므로 어쩔 수 없는 현실이다.

　문화는 발로 찾아가는 노고를 치르며 누린다 치자. 도시의 매력 중 하나가 익명성이지만, 경주에 살려면 그런 건 포기하는 편이 낫다. 경주 토박이로서 번듯한 활동을 하는 사람이라면 "경주 사람들은 다 내 차 번호를 안다"고 생각한다. 그건 누구 집에 숟가락이 몇 개인 줄 안다는 시골 같은 소도시의 현상이고, 차 옆자리에 누가 앉아도 관심을 끈다는 얘기다. 그래서 차 옆자리에 행여 외간 여자라도 태우길 꺼리는데, 경주에 살게 되면 외지인도 그런 따위의 신경을 써야 한다. 경주가 고향이 아닌 것이 얼마나 다행스러운지. 경주가 고향이었더라면 영영 경주를 잃어버리지 않았을까.

　정작 도시의 장점은 못 누리는 대신 경주에서 내가 점유하는 진정 좋은 것들이 있으니 바로 자연이다. 자연이야 어디든 있지만 경주에선 도심 한가운데서도 자연을 점유하니, 경주라는 도시에서의 삶이란 곧 자연을 내 근처에 두는 방식이다. 처음엔 중심가에서 걸어서 십오 분 거리인 동부 사적지 부근에 살았는데, 대문을 나서서 동네 밭길을 따라가면 벌판에 솟아 있는 능들을 이내 볼 수 있었다. 언제 봐도 나를 매료시키는 능들.

　흔히 인연을 말하면 사람들과의 만남을 생각하지만 태어난 고향이나 이사, 이민 등으로 정착한 땅은 유동적인 인간의 만남보다 필연적인 것이 아닐까. 땅은 삶의 터전이 되기 때문이다.

천년의 고대사와 설화, 불교문화가 배어 있는 경주의 자연은 상상과 환상을 주면서 그 깊이로 늘 새롭게 다가온다. 발굴된 와당과 건물지 등이 왕궁의 자취를 보여줄 뿐 빈터로 남아 있는 월성도 갈 때마다 다르다. 벚꽃이 만발한 봄날 반달 같은 지형을 따라 흐르는 남천에 벚꽃 잎들이 눈송이처럼 낙하하는 풍경은 가히 유미적인데, 원효가 유교를 건너다 일부러 물에 빠져 요석궁에 몸을 의탁하던 날도 이런 봄날이었을까. 싱그러운 내음에 코를 맡기고 내 키만큼 자란 무성한 수풀을 헤치고 나아가면 잎들의 성장에 취한 듯 검은 물잠자리들이 허공에 주춤거리는 여름날엔 생명의 절정을 느낀다.

월성에서 걸어나와 첨성대를 지나 능들이 솟아 있는 동부사적지에 서면 서쪽 하늘 아래 눈썹 같은 선도산이 한눈에 들어온다. 경주 어디서든 서쪽을 향해 서면 다가오는 산, 김유신의 누이 보희가 꿈에 저 서악에 올라 오줌을 누니 온 서라벌에 오줌이 가득하였고 동생 문희는 비단치마를 주고 그 꿈을 샀다지. 열흘 뒤 오라비 김유신이 춘추공의 옷고름을 일부러 밟아 떨어트리고 데려오니 그 옷고름으로 한 생의 인연이 맺어졌다. 선도산 아래 문희의 지아비가 된 무열왕의 능이 있는데, 문희가 달아준 비단 옷고름이 솔숲 위로 펄럭이는 듯하다.

무열왕릉 위로는 작은 산 같은 네 기의 거대 고분이 있어 능역은 산책하기 좋을 만큼 드넓고 한적하다. 한 지인은 부부싸움을 하면 두 사람이 함께 무열왕릉에 와서 마음을 추스른다고 한다. 배롱나무가 줄듯 서 있는 평화로운 능역을 한 바퀴 돌고 나면 왜 싸웠는지 잊어버리게 된다. 천년이 넘는 유장한 시간이 묻혀 있는 경주의 유적지는 방문자로 하여금 밀치면서 아득바득 살아가는 현실을 일순 잊게 해준다.

절터와 옛 성터, 설화의 보고인 고도에서 태어난 김동리는 경주라는 영적인 자양분으로 문학의 바탕을 쌓고「황토기」「무녀도」「저승새」같은 당대의 소설들을 남겼다. 서천에서 동국대학교 방향을 바라보면 야트막한 야산 금장대가 눈에 들어오는데, 그 아래 서천과 북천의 합류 지점인 예기청소는 김동리 소설「무녀도」의 무대로 유명하다. 무당 모화가 예기소에 몸을 던진 부잣집 며느리의 혼백을 건지러 밤에 굿을 하다 깊은 물속으로 서서히 빠져드는 장면은 쉬 잊히지 않는다. 밑으로 도도히 흐르는 청소淸沼의 물살 때문인지 서천을 지날 때마다 금장대에서 눈을 떼지 못하는데, 지금도 경주 토박이들은 예기청소에서 해마다 사람이 빠져죽었다는 말을 하곤 한다.

실제로 60년대 지방신문에서 '계모의 꾸중을 듣고 집을 나간 어린 남매가 서천을 건너다 탁류에 휩쓸렸다' '감자 서리를 하다 발각된 소년들이 홍수로 불은 강에 뛰어들어 한 명은 익사하고 한 명은 예기청소 위에서 살아났다'는 기사를 볼 수 있다. 1956년에는 구 박물관(현 경주문화원)에서 금관총 금관을 훔쳐간 도둑이 뒤에 잡히자 서천에 묻었다고 자백했다. 다행히 모조품이었으나 비에 쓸려갔는지 찾지는 못했다. 전설 같은 이야기와 경주 시민의 삶이 묻어 있는 서천. 금장대의 수직 암벽에는 선사시대 유적인 암각화가 있으니, 청동기 시대부터 이 강에는 세월과 더불어 뭇 생명들이 흘러갔으리라. 또 그렇게 흘러가리라. 유장한 강에 흐르는 유장한 역사.

능 앞에 서 있는 감나무에 감이 익으니 까치들이 날아와 쪼아먹는다. 아이들은 골판지를 엉덩이에 붙이고 능 위에서 미끄럼을 탄다. 이 무위의 풍경. 고도에도 어김없이 시멘트 문화가 침투하여 아파트가 계속 세워지지만 경주는 짓고 채울 것이 아니라 수도승처럼 비워야 할 도시가 아닐까. 대릉원의 담도 허물어 천오백 년 전의 시간 속으로 걸어들어가 자신의 원형을 발견하고, 욕망의 일상에서 비켜나 근원으로 돌아가는 순간을 맞도록. 그것이 민족의 고향으로서 경주가 존재하는 이유가 아닐까.

경주 모량리에서 성장하면서 감초 냄새 풍기는 부드러운 남풍과 겨울밤 봉황대에서 우는 부엉이 소리에 감수성을 키웠던 시인 박목월은 "그 안존하고 잔잔한 영혼의 나라"인 고향을 그리워하며 이런 시를 남겼다.

엄마의 손을 잡고 함께 걸은

천릉天陵 사이 오솔길

눈자위가 풀린

봄

밤

달무리.

어디로 가는 길이었을까.

그건 잊어버렸지만

그날 밤의 훈훈한 바람 향기

엄마의 손을 잡고 함께 본

분황사芬皇寺

삼층 탑꼭지에 푸른 달.

어디서 오는 길이었을까.

그건 잊어버렸지만

그날 밤의 달빛이 아롱지는 냇물

어머니와 함께 간

불국사佛國寺 아랫마을.

개울이 있었지

건너편 강마을의 하얀 안마당

외가에선 사흘 밤

엄마하고 지냈다

아사녀의 전설은

엄마하고 들었다.

　　　　　　　　　　　　—「어머니의 손을 잡고」

| 새벽 oil on canvas 72.7×60.6cm

저 벼들처럼 삶의 뙤약볕을 견뎌야 한다

| 황금빛 배반들에 서서

올여름 머리가 흔들릴 정도로 무덥더니, 보답을 받듯 농사가 풍년이다. 벼와 함께 가을 들판이 무르익는데, 깊어가는 가을을 만끽하러 배반들로 나선다. 경주는 시내에서 십여 분만 벗어나도 들판이 펼쳐지는데, 박물관을 지나면 구황동, 배반동으로 이어지는 논밭 풍경이 가슴을 시원하게 한다. 배반들의 절정은 역시 벼가 금빛으로 무르익은 가을이라 추수를 앞둔 이맘때면 늘 배반들을 찾는다. 이 들판은 화랑교육원을 지나 통일전이 있는 남산동 앞으로도 이어지는데, 시네마스코프처럼 펼쳐지는 자연의 향연이 나를 압도한다.

함께 나선 친구와 나란히 논둑에 앉으니 익을 대로 익어 고개 숙인 벼들과 허공을 나는 잠자리들이 가까이 눈에 들어온다. 예나 지금이나 잠자리는 사랑스럽고 친근하다. 어릴 때 잠자리를 잡으면 손가락 사이로 투명한 날개를 끼운 채 양팔을 펼치고 뛰어다니곤 했다. 그렇게 잠자리를 비행기 태우다 팔이 아프면 날려보내고 집으로 돌아갔지. 성년이 되면서 한동안 잠자리를 잊었더니 경주에 와서 다시 잠자리가 눈에 들어오기 시작했다. 잠자리는 여름이 한창인 8월부터 서천 가에 무리 지어 날아다니기 시작하고, 여름 잠자리를 보면 아, 지긋한 더위도 가고 곧 가을이 오겠구나, 기대감을 갖곤 했다. 가을을 기다리지 않고 어떻게 여름을 견딜 것이며 봄이 오지 않는다면 어떻게 긴 겨울을 사랑할 것인가.

 빨간 고추잠자리 한 마리가 전봇대를 맴돈다. 고추잠자리야말로 가을의 쇠락을 알리는 전령이다. 생명의 절정처럼 타오르는 빨강. 멀리 붉은 트랙터가 장난감처럼 움직이는데, 추수할 준비를 하나보다. 곧 황금빛 벼도 베이고 빈 들판이 뼈처럼 드러나리라. 한 쌍의 잠자리가 교미를 하는지 포개져 벼 사이를 오르내리며 환희의 춤을 춘다. 묽게 붓질된 듯 구름이 번진 하늘 멀리 새 한 마리가 점처럼 가물거린다. 왼편으론 하얀 재두루미가 날아가는데, 대로 건너 형제산 자락의 동방동 쪽에 철골이 높이 솟아 있는 것이 눈에 들어온다. 고층 아파트를 짓는다더니 기어이 공사가 시작되었나보다. 동남산이 마주보이는 곳에 고층 아파트를 올리다니, 허가를 얻는 과정부터 말이 들리더니 개인의 이권을 위해 고도의 경관을 해치게 되었다. 일본 교토 역사驛舍에 고층 호텔을 짓는다는 계획이 서자 교토 시민들이 반대 운동을 펼쳤다던 것이 생각난다. 교토 시민들은 이 호텔에 묵는 숙박객들은 금각사에 갈 수 없다고 맞섰고 결국 고층 호텔 건립은 민의에 따라 무산되었다던가. 십 년도 전에 교토에서 들은 얘긴데 일본의 높은 민도가, 아름다움을 지키는 그들의 정신이 부러웠고 저런 것이 선진국이구나 싶었다. 신라인들이 염원으로 수많은 불상을 새긴 남산. 그 기운이 서린 동남산 아래 아름다운 들녘에서 고층 아파트를 마주본다면 황룡사지에서 마주보이는 고층 아파트처럼 흉물로 각인될 것이 틀림없다. 그 아파트 입주자들에게 불국사에 가지 말라고 한다면 콧방귀나 돌아오지 않을까. 내 나라의 민도가 고도 사랑을 무색하게 한다.

황금빛 들녘을 바라보며 한가히 앉아 있으니 평화롭기만 하다. 전에 누가 내게 구원이 무엇인가 물은 적이 있다. 생각해보니 자연, 예술, 사회 세 가지이다. 예술은 늘 나를 감동시키고 자연은 나의 근원이며 자신이 살아가는 사회도 자기정체성을 갖게 하는 결정적인 조건이다. 예술과 자연은 혼자서 추구하고 접하며 순간순간 구원을 받지만 경직된 사회는 오히려 좌절을 안겨준다. 그것이 누적될수록 무력감에 이상향을 그리며 지구를 헤매다녔다.

첫 인도 여행으로 라자스탄 지역 사막에서 밤을 보낸 일이 잊히지 않는다. 낙타를 타고 사파리 투어를 했는데, 종일 가도 드문드문 몇 그루의 나무들과 풀포기만 자라 있는 황량한 불모의 땅만 이어졌다. 해 질 무렵에야 내려 낙타꾼이 만들어준 차파티로 식사를 하고, 차를 마시고, 밤이 깊어 잠자리에 누웠는데, 실망스럽게도 별은 거의 보이지 않았다. 세상에 태어나 그렇게 많은 별들을 본 적이 없다고 했던 후배 말을 듣고 라자스탄 사파리 투어에 참가했다.

| 새벽—가을 oil on canvas 72.7×50cm

어둠 속에서 차랑차랑 흔들리는 낙타 방울 소리와 자박거리는 낙타의 되새김질 소리를 들으며 가만 하늘을 올려다보니 북두칠성이 멀리서 희미하게 빛났다. 붙박인 듯 보이는 항성들도 우주 공간에선 초속 수십 수백 킬로미터의 속도로 움직이고 있다는데, 너무나 멀리 떨어져 있기에 일이천 년으로는 그 별의 움직임이 드러나지 않고 수만 년이 지나야 알 수 있다고 한다. 상상도 할 수 없는 별의 시간 단위에 말을 잃었다.

사막 위로 끝없이 펼쳐진 밤하늘이 광대무변한 우주로 나를 실어 가는 듯한데, 한국이란 작은 땅에서 상처만 안고 헤맸구나, 문득 생각했다. 진실의 실체를 잡지 못해서 머리 부딪치며 괴로워했지만 고통의 실상이 확연해졌다. 그것이 비본질적인 것임을 깨닫자 고통의 낭비에 울고만 싶었다. 한편으론 번데기 속에 갇혀 있던 내 영혼이 육체라는 숙주宿主를 벗어나 나비처럼 우주 속으로 날아오르는 듯했다. 사막의 밤은 일순 나를 미망에서 벗어나게 했다.

자연은 스승이라고 타고르는 말했다. 많은 사람들이 삶의 질문을 품고 인도에서 구루스승를 찾지만 나는 자연에서 의문을 해소했다. 광막한 인도 대륙은 내게 집착의 어리석음과 우주의 순환과 본질을 보여주었고, 나는 자연의 가르침을 가슴에 안고 다시 내가 풀어야 할 업의 땅으로 돌아왔다. 신라 고분들이 겹겹의 세월이 흐르면서 이지러져 자연 자체가 된 풍경, 근원적인 것을 보여주는 경주로.

오늘도 나는 가을 배반들에 서서 존재에 대해 생각한다. 이만큼 걸어왔지만 삶의 무게는 결코 가벼워지지 않고, 언뜻언뜻 다가오는 무의미도 여전히 두렵다. 주식이 폭락하자 너도나도 한숨이고, 스타 최진실의 죽음은 사회에 우울을 퍼트렸지만, 원자로 돌아가는 날까지 궁극적인 질문을 풀며 저 벼들처럼 삶의 뙤약볕을 견뎌야 한다는 것을 알고 있다.

신라의 자손들아, 무엇을 하였느냐, 하느냐

| 성덕대왕신종 앞에서

아침에 마당으로 나서니 화단의 작은 가지에 꽃봉오리 몇 개가 피어 있었다. 뜻밖에도 진달래다. 화단에서 올봄 처음으로 피어난 꽃봉오리라 경이로웠다. 내가 심은 것이 아니어서 더욱 신기했다. 내가 가끔 가는 도서관의 관장이며 시인이 지난 연말 부엽토와 함께 가져와 심어놓은 식물이다. 진달래꽃을 집에서 보다니. 가까이 심어진 천리향도 시인의 이사 선물이었다. 꽃소식을 알려주고 감사를 전하리라.

진달래를 보니 산림환경연구원에서 이맘때면 묘목을 파는 것이 생각 났다. 오늘 가서 작은 묘목을 사오자. 그렇지 않아도 봄나들이하고 싶었다. 요며칠 원고 걱정하면서 도서관만 드나들었다. 집에서 나와 대로를 향해 걸으니 이내 능이 솟아 있는 벌판이 펼쳐지고 멀리서 남산이 시야에 들어온다. 언제 봐도 새롭게 다가서는 고도의 옛길을 초봄의 공기 속에 걸어본다.

'한국 근대 지식인을 통해 본 경주'라는 부제가 붙은 책『경주에 가거든』에는 당대를 풍미했던 문인들이 일제 때 경주를 찾아와 쏟아놓은 감동이 가득 담겨 있다. 감성이 남다른 문인들은 지형에서도 고도의 아우라를 직감했던 것 같다. 이육사의 동생으로 평론가였던 이원조는 "눈에 들어오는 어딘지 모를 산야의 웅혼장대한 맛에 가히 사라진 왕가의 남은 자취를 엿볼 수 있었다"고 했다. 소설가 박화성도 "지역이 광활하여 넓고 넓은 야원野原을 통할하여 있는 것 등등이 족히 왕도의 기상이 보입니다. 그러기에 신라의 경주만이 992년의 천년 고도로서 시종일관하지 않았던가……"라고 썼다.

경주는 녹지가 많아서인지 너른 들판이 인상적이다. 가을 벼가 금빛으로 일렁이는 배반들과 빛바랜 고분이 솟아 있는 벌판은 한국의 고도에서만 볼 수 있는 풍경이다. 전 경주박물관장이며 깊이 경주를 탐구한 미술사학자 강우방은 1970년대에 선도산에 올라 경주의 아름다움을 마주하고 '서라벌'을 이렇게 풀었다.

"이 벌은 원래 늪지, 온갖 생명들이 늪지에서 태어나듯…… 사람들이 모여들어 마을을 이루었고 마침내 문화가 탄생했다. 서라벌. ㅅ, ㅣ 벌. 새로운 벌판. 즉 새로 시작하는 새벌은 훗날 음이 변해 서울이 되었고 그 고유명사가 수도라는 보통명사가 되는 동시에 1945년 이후 서울이라는 고유명사가 되었다. 바로 이 새로 시작하는 들에서 우리나라 문화의 원형이 완성되었으니 우리나라 정신의 뿌리를 찾으려면 이곳을 순례해야

성덕대왕신종 앞에서

한다."

처음 경주에 왔던 삼십여 년 전 일이 떠오른다. 당시 나는 한 문학잡지에 당대의 예술가들 인터뷰를 연재하고 있었다. 가야금 연주자 황병기 선생이 경주의 토우제작가인 고청 윤경열 선생을 만나보라고 권했다. 경주라는 말에 마음이 움직였다. 어릴 때 수학여행 가서 토함산을 걸어본 것밖에 기억나지 않지만 불국사와 다보탑을 생각하니 설렜다.

함경도 사람인 윤경열 선생은 해방이 되자 어려서부터 동경한 신라의 고향 경주로 내려와 터를 잡았다. 어린이 박물관학교를 만들고 토우 제작뿐 아니라 향토사학자로서 남산에 관한 책도 펴내는 등 신라 정신을 알리기에 오십여 년 생을 바쳤다. 나는 양지마을에 사흘 머물며 선생으로부터 신라의 아름다움에 대해 세례받았다. 돌아가서 삼국유사를 탐독하고 한국의 진정한 원형을 발견했으며 십 년 뒤 경주에 터를 잡았다. 그것이 내 순례의 첫발이었다. 나의 정체성을 찾기 위한 순례길을 밝혀준 스승. 그는 돌아가셨지만 지금 '고청기념관'이 양지마을에 건립되고 있으니 마지막 신라인이 되살아나는 듯 반갑다.

품위 있는 고옥들이 관광지로 탈바꿈된 교촌을 지나가니 현대판 이층 월정교 가건물이 별수없이 눈에 들어온다. 주춧돌을 발굴해 복원했다지만 그건 면적일 뿐이다. 신라 때 다리를, 궁궐을, 황룡사를 본 사람도 없건만 어떻게 복원이란 단어를 쓰는가. 기획자들의 상상은 자기만큼의

창작이다. "문화재 관리의 기본 원칙은 현상유지다"라는 고고미술사학자의 글을 읽었다. 무대 세트같은 21세기 다리로 요석공주를 찾아가는 파격의 원효를, 말을 타고 이층 다리로 대궐을 오가는 경흥국사의 모습을 상상할 수 있을까. 환상만 깨어질 뿐.

월성에서도 새궁궐을 짓는다고 발굴중. 바닥에 드러난 돌 유구들이 세월의 내장처럼 보이네. 월정교. 신라궁궐. 황룡사 복원계획이 모두 경제논리인 관광사업을 위한 것이다. 고즈넉한 황룡사지에서 마주 바라보이는 15층 고층아파트, 동남산을 마주하고 적군처럼 서 있는 코아루 아파트단지…… 시간이 준 고대의 아우라를 내쫓고 혼이 없는 상상건축을 복원이라는 이름으로 실행하려 한다. 경주는 후손 복이 없다. 아니 경박한 시대 탓이겠지. 대릉원을 정비하고 담을 만든다는 소리를 듣고 울었다던 고청 선생이 이 복원 소식을 듣는다면 지하에서도 가슴 아파하지 않을까. 신라의 옛터를 누구보다 사랑하기에.

월성 발굴지 앞에서 문득 고개 들고 앞을 바라보니 고위산이 멀리서 눈에 들어온다. 채 오백 미터도 되지 않지만 남산에서 가장 높은 산이다. 저 산을 거쳐 꽤 오래전 천룡사지에 갔던 기억이 난다. 주위에 흩어져 있는 석조물들이 통일신라 유물이라는데 삼국유사 기록에 의하면 통일신라 말 폐허가 된 천룡사를 고려 초에 최승노의 손자 최제안이 중건하였다. 부처님과의 깊은 인연도 '신라고전'에 나와 있다.

성덕대왕신종 앞에서

신라 55대 경애왕 때 사람인 증조부 최은성은 자식이 없어 이 절에 와서 기도하다가 부인이 아들을 낳았다. 그러나 석 달도 되지 않아 후백제 견훤이 신라 서울을 습격하니 전쟁에 참여하고자 했다. 은성은 아기를 포대기에 싸안고 절에 와서 "지금은 어린 것이 짐이 되니 원컨대 자비의 힘을 빌어 덮어주시고 길러주시어 우리 부자가 다시 만나게 해주소서" 고하며 관음보살 발아래 감추고 나갔다.

보름이 지나 적병이 물러가니 돌아와 아이를 찾는데 뜻밖에도 아이가 처음과 같이 향탁 아래서 잠자고 있었다. 살결이 갓 목욕한 듯 곱고 입에는 젖냄새가 남아 있어 기뻐하며 아이를 데려와 무사히 길렀다. 그 아이가 바로 승로인데 총명함에 벼슬이 정광에 이르렀다. 최은성은 경순왕을 따라 고려에 들어와 벌족이 되었다.

기록에 의하면 경주 남산에는 백사십여 소가 넘는 절터와 구십여 개의 탑, 백십여 체의 불상들이 산재해 있다. 고대부터 바위에 비는 자연신앙이 있었으나 이차돈의 순교로 불교가 공인되면서 신라정신의 모태가 되었다.

통일기인 7세기 전반부터 사백여 년간 신라인들은 남산에 널려 있는 바위에 불상을 새기고 불사하며 소박한 꿈의 정토를 이루었다. 신라인들에게 부처님은 지엄한 각자覺者가 아니라 힘없고 착한 이들의 소원을 들어주는 자비의 화신이며 어리석음을 깨우쳐주는 이웃 스승 같은 모습이었다.

　삼국유사를 보면 효소왕이 만덕사 낙성재를 올릴 때 남루한 꼴로 참석하여 핀잔 받은 중은 자신이 진신석가임을 밝히고 남산 바위 속으로 사라졌다. 경덕왕 때 다섯 살 아이 희명은 눈이 멀자 어미와 함께 천수대비 앞에 노래지어 빌고 눈을 뜨게 되었다. 간난아이 승조도 자비로운 관음보살이 젖을 먹여 살리지 않았나. 신라의 수많은 인간적인 부처님을 생각하자 그중 불현듯 그리운 모습이 떠올랐다. 세상에서 가장 사랑스러운 삼존불. 속계가 아닌 순수를 알현하러 발굴터에서 발길을 돌리자.

　박물관에 들어서니 시선이 성덕대왕신종으로 향한다. 소리는 지금 들을 수 없으되 성물聖物을 지나칠 수 없지. 장중하고 우미한 신종은 이십여 년에 걸쳐 만드는 사이 경덕왕이 승하하여 아들 혜공왕 육 년에 완성됐다. 신라예술의 대표적 걸작인 불국사와 석굴암도 경덕왕 대에 완성됐으니 신라문화의 절정기였다.

　당초문 사이사이 연꽃 문양을 배열하고 그 아래를 곡선으로 처리한 하대와 천의를 날리며 공손하게 헌화하는 비천을 보며 아름답다 아름답다 되뇌인다. 국문학자이며 시조인인 가람 이병기가 일제 때 수많은 신라유물을 보고 감탄하면서 자손으로서 자문한 문장이 떠오른다.

"하나도 범물이 아닌 것 같고 그중 신종은 얼마나 놀라운지 혀를 내두를 뿐이다. 이것만으로도 신라의 자랑을 세계에 내놓을 만하다. 이렇던 신라의 자손들아, 너희들은 무엇을 하였느냐, 하느냐, 하겠느냐 하고 신라의 신령님들이 저 공중에서 외치는 것 같다. 갑자기 부끄럽고 두려워 두근거리는 가슴이 좀처럼 가라앉지 아니한다."

불상이 진열된 신라미술관으로 들어서니 밑이 보이는 유리 바닥이 중앙에 장치돼 있다. 발밑으로는 1998년 이곳을 지을 때 발견된 통일신라 시대 길이 그대로 보존되어 있다. 양쪽으로 길게 수레바퀴 자국이 남아 있어 타임머신을 타고 온 듯 순간 머릿속이 화려하다. 저 신라의 길로 돌아갈 수 있다면 기꺼이 현생과 바꾸리라.

충도를 행하기를, 시, 상서, 예기를 삼 년 안에 습득할 것을 함께 맹세하고 임신년 6월 돌에 진정眞情을 새긴 두 청년, 산천을 다니며 가무와 도의를 연마하고 불굴의 용기와 신의로 나라를 지킨 화랑들, 아름다운 수로부인에게 절벽의 꽃을 꺾어 바치고 헌화가를 지은 노인, 신령스러운 종을 내걸어 진리의 원음으로 백성들이 불법을 깨닫게 하려 한 나라. "신라를 방문한 여행자는 누구나 정착하여 다시 나오고 싶어하지 않는다"고 중세 아라비아의 지리학자도 기록했다는데 처용도 그렇게 신라에 정착한 인물이 아닐까.

아산 태생으로 와세다 대학에서 수학한 불문학도, 시인이자 〈꿈꾸는 백마강〉〈신라의 달밤〉 등 544편의 작사로 한국 가요사에 한 획을 그었다는 조명암(1913~1993)은 식민지 상황의 경주여행에서 뼈아픈 민족사를 반추한다.

"언제나 짓밟힌 민족. 그것을 연민에만 부칠 것이 아니다. 오히려 꾸짖고 싶고 선배를 원망하고 싶다. 역사의 페이지 대부분이 짓뭉개지고 짓찢어지지 않는가. 고식적姑息的인 '생'…… 현재. 그러나 다행히도 우리는 한 가지 잊지 못할 존재를 갖지 않았니? 기록이 피투성이고 눈물투성이인 그 속에서 빛나는 야광주와 같고, 지극히 불결한 연못에 핀 한 떨기 연꽃같이 두 눈을 또렷또렷 뜨고 한 잎에 향기를 물은 한 개의 존재…… 신라를 찾아낼 수 있지 않은가?

그 서울의 번창은 이 거레 기록에 있어 수옥殊玉의 편이다."

신라미술관 정면에 미륵삼존불이 미소 지으며 방문자의 발길을 잡는다. 의자에 걸터앉은 본존불은 조용히 눈을 내리뜨고 있으나 가지런히 떠오른 눈썹과 웃음을 문 듯한 둥근 얼굴, 옷주름을 쥐고 있는 손과 통통한 손바닥, 무릎을 강조한 타원형의 나선 등이 천진한 아이상 같다.

양편에 서 있는 협시보살은 머리와 키의 비례가 갓난아기의 사등신이다. 티없이 웃는 얼굴에 머리에는 넓은 관대를 두르고 양옆과 정면에 꽃장식을 붙였는데 목에 걸린 꽃목걸이와 발밑으로 흐르는 천의가 축복의 모습이다. 연꽃 봉오리를 가슴에 올려든 우협시보살이 왼 무릎을 살짝 구부려 발끝을 들고 있는 모양은 더없이 사랑스럽다. 갑시다! 하고 두

성덕대왕신종 앞에서

애기보살을 양손에 잡고 집에 데려가 과자를 주고 싶다.

삼국유사에 나오는 선덕여왕대의 삼화령 생의사 미륵삼존으로 여겨지는 이 삼존불은 1925년 남산 북쪽 장창골의 한 석실에서 박물관으로 옮겨온 것이다. "단단한 화강암으로 부드럽고 온화하게 표현한 것은 신라 특유의 조형"이라고 설명돼 있다. 고고학자 김원룡도 "담담하고 맑고 꾸밈이 없는 신라의 자연주의와 따뜻한 인간미"를 신라 석불의 특징으로 꼽았다. 박물관 한편에서 앞다리를 위로 뻗어 바위를 잡은 채 오른편으로 고개 돌린 돌사자상 얼굴도 웃고 있다. 차고 단단한 화강암도 신라인의 불심에 동화되어 숨결을 받아들였나보다.

삼국시대 삼존미륵불의 천진함, 그것이 한국의 원형이 아닐까. 「국경의 밤」 시인 김동환은 경주기행에 "영혼의 고향을 찾아왔던 이 몸의 향수"라고 썼다. "아름다운 인체에 깃든 숭고한 종교성과 정신성의 절묘한 결합"인 석굴암 본존불 앞에서 시인 조명암은 "어진 빛이 감도는 눈, 그 눈은 신라를 말해주고 다시 현재를 꿰뚫어 미래를 말해주는 것 같았다"고 했다. 그는 감격의 시를 읊었다.

무덤에 피는 꽃과 같이

다시 향그러워지려는 자는

이 동굴 안을 주먹 쥐고 거닐어라

곱다란 곡선엔 구원의 진리의 맥박이 푸들거리며

우두커니 앉은 석불의 시선은

참다운 삶의 순례자 코스를 가리키리니

이 동굴 안을 들어가는 이여

자기를 불사르고 새로운 자기를 알려는 자는

이 동굴 안을 감히 거닐어라.

—「석굴암」

무도회의 수첩

| 시간의 상자 속에서

새해가 다가오면 늘 대청소를 했다. 먼지를 터는 대청소가 아니라 옷이며 생활도구, 일상에 쓰는 것 중 필요치 않은 것을 털어내는 정리 작업이다. 한 해의 시작이니 군더더기를 비우고 싶은 거다. 출발은 늘 맨몸으로 하는 것이기에.

이런 의식도 정부가 음력설을 확정하면서 나는 두 번의 새해를 맞고, 연말에 못한 것은 또 다가올 음력설로 미루는 버릇이 생겼다. 지함도 1월 들어서 정리할 작정으로 열어보았다. 경주에 와서 산 골동이다. 고도인 경주엔 골동점이 많아서 예전엔 이따금 골동점에 들러 소품들을 사는 재미를 가졌다. 지함 속 물건들은 육 년 전 이사할 때 한차례 추려냈지만 어느새 가득차 있다. 편지와 여행 갈 때마다 들고 온 이국의 엽서, 전시회 브로슈어까지.

이따금 지함을 환기시키지만 오랜만에 여니 골동내가 난다. 두 손으로 편지부터 꺼내 봉투를 보지만 모르는 이름이 많다. 작가 이름과 같다는 이유로 독자가 된 남회사원, 소설 주인공 '소양'을 사랑하고 싶었다는 사관생도, 내 동화 『인도로 간 또또』를 다섯 번 읽었다며 "직접 한번 뵈었으면 좋겠어요"라고 쓴 초등 3년생.

아이다운 귀여운 편지를 읽으니 나도 문득 얼굴이 보고 싶다는 생각이 들었다. 아차, 이미 어른이 됐을 터. 아이야, 왜 그때는 널 만날 생각을 못했을까. 기특하게 책을 다섯 번이나 읽었다니 아이스크림과 과자다 사주고 싶은데. 아마도 그럴 틈도 없이 정신없이 바빴나보다. 아이는 지금 엄마가 되어 초등3년생 딸이 있을지도 모른다. 지함 속에서 세월이 이렇게 흐르다니. 지함은 바로 시간의 상자다.

다섯 장의 각 편지지 맨 위에 숲.속.의.방. 글자를 숫자처럼 매긴 긴 편지도 눈을 끌었다. "책을 세 번 구입하였습니다"로 시작한 편지는 세 권의 책을 누구에게 보낼 건지 소설처럼 상세히 서술했다. 어찌어찌하여 일본 유학생이 된 친구에게 노점에서 구입한 골덴 바지와 들국화 테이프와 내 책 한 권을 국제소포로 보냈다고. 그리고 두 권의 책은…… 스님……

이 스토리를 영화로 찍으면 뭐가 될 것 같다. 임상수 감독이 어떨까. 나는 나대로 엉뚱한 상상에 빠졌다. 제목부터 파격적인 〈처녀들의 저녁 식사〉와 〈바람난 가족〉은 당시 소수의 급진 페미들을 홀렸다. 경주도서관의 한 사서는 〈처녀들의 저녁식사〉를 함께 본 남편이 '이해 안 되는 영화'라고 고개를 갸웃하자 이렇게 엄포를 놓았다. "그것도 이해 못하면 나랑 같이 살 생각 하지 말라"고. 경주 같은 보수 도시에, 도시라기보다 반촌에 가까운데 저렇게 급진적 페미가 있다니 반가웠다. 그녀는 포항 태생이었다. 나는 그뒤로 임상수 감독의 페미 영화를 보지 못했다. 너무 시대를 앞서서 대중의 호응을 받지 못한 것일까. 상업성 때문이라면 슬프다. '동지를 잃어버린 것 같았다'고 과거시제를 쓰자 그만 현실로 돌아왔다.

소설 같은 편지로 나를 즐겁게 해준 독자는 아마추어 사진가였다. 오년 뒤에 사진전을 열 수 있을 거라는 글이 눈에 들어와 노트북을 열었다. 컴맹의 검색이라 시간이 한참 걸렸지만 같은 이름의 저자 책을 찾았다. 고뇌하는 카메라, 라는 제목을 보니 같은 사람인 것 같다. 독립출판된 책 제목부터 평범하지 않으니 구해서 보리라.

작은 분홍 봉투가 눈에 띄어 집어드니 후배작가 하성란이 오래전 보낸 편지다. 그의 소설집 표4에 선배가 쓴 짧은 추천사에 감사하며 "반지를 끼셨던가. (……) 고양이 꼬리에 반지를 보관한다고 합니다" 하고 자신과 닮은, 어여쁜 선물을 보냈다. 이런 답례까지 하다니 정말 반듯한 사람이다. 긴 꼬리 고양이 반지걸이는 너무나 사랑스러워 절대 버릴 수 없을 것 같다. 고양이는 사명을 다하느라 변색된 은반지들을 꼬리에 걸친 채 지금도 내 책장에 놓여 있다. 가끔 귀여운 길냥이를 보면 데려다 키우고 싶은 생각이 들었지만 더이상 '러시안 블루'도 탐나지 않는다. 나는 잘

받았다고 인사는 했는지? 이건 말해줘야겠다. 프랑크푸르트도서전에
주빈국 작가로 참가했을 때 마지막 날 하성란이 내 방 밑으로 밀어둔 작
은 카드까지 아직 가지고 있다고. 잘 가시라는 고운 글씨. 한강의 것과
함께. 고독하게 소설을 쓴다는 연대감에 누구보다 귀하게 여기는 작가
후배들이니까. 글도 말도 육수처럼 진한 작가 이현수 명언대로 "소설은
잘 써도 불행하고 못 써도 불행하다. 너무나 많은 것을 요구한다".

   보라색 봉투엔 한 낯익은 이름이 쓰여 있다. 광고기획사의 중견간부
로 내 책의 오랜 독자라고 이미 밝힌 그가 구 년 전 보낸 새해카드다. 그
가 애독하여 백여 권을 지인들에게 선물했다는 책이 새 표지로 재출간
되어 보내니 인사로 받게 된 소식이었다. 어느 신문에서 사회명사들이
좋아하는 예술가나 작품에 대해 쓰는 글이 기획연재되었는데 그가 나의
저서 『일하는 예술가』를 성심으로 소개했다. 한 지면을 채운 그 기사로
절판될 수도 있었던 책이 되살아났다. 여태 책이 팔려도 당연한 듯 여겼
지만 이 일로 독자의 힘과 그 소중함을 알게 됐다. 독자가 없다면 무용하
게 창고에 쌓여 있을 테니 책에 생명을 주는 건 독자들이다. 서로 교감할
수 있는 좋은 독자를 가졌다는 건 작가로서 보람이 아닌가.

   미국을 비롯하여 여러 나라에서 온 국제우편도 적지 않다. 하늘색 봉
투에 소인이 찍힌 그리스 우표가 먼저 눈에 달려온다. 두 개의 크리스마
스트리 꼭대기에 은별이 붙은 예쁜 카드였다. 그리스 춤을 잘 추는 유학
생 H가 보낸 카드다. 그건 사실 내가 산 것이다. 소설 취재로 그리스에

머물 때가 연말이라 온 상점에 카드가 걸려 있었다. 나는 받아보고 싶은 그리스 카드를 한 장 골라 H에게 주었다. '안녕한가요' 다섯 자만 써서 한국으로 보내달라고. 부탁 아닌 강요에 가까웠다. 그뒤 나는 이탈리아로 떠났고 H는 마케도니아 여행에서 돌아와 새해 사흘 전 이 엽서를 보냈다. 갸륵하게도 소설이 좋은 결실을 맺기 바란다는 덕담과 함께 일 년 전에 썼다는 사랑에 대한 짧은 시를 덧붙여서. 그게 칠 년 전이니 H는 공부를 마쳤겠지.

까마득히 잊고 있던 옛 편지들이 지함 속에서 나오자 숨을 토하는 것 같았다. 팔십 프로는 80년대와 90년대에 쓰여진 편지들인데 거의 책에 관한 감상이지만 하나같이 문체가 절절했다.

그런 시대였나보다. 할말 안 할 말 다 SNS로 던지고 뒷담화도 악플로 남기는 부박한 시대와는 다르지. 일본작가 쓰시마 유코가 도쿄서 보낸 엽서를 포함해 베를린, 캘커타, 광조우, 밴쿠버에서 온 편지들을 읽을 땐 미묘한 이국 공기가 내 서재에 떠도는 듯했다. 행복했다.

두 편지는 잠자리에 누워서도 자꾸 떠오를 만큼 마음이 쓰였다. 한 사람은 미국의 미술대학에 유학을 앞두고 『일하는 예술가』를 애독했다는 여학생 P이고 또 한 사람은 자신을 '남자 소양이'라고 말한 과기대생 K이다. 항상 미국에서 살아갈 생각만 했지만 책을 통해 처음으로 자기정체성에 의문을 품었다는 여학생은 예술에 대한 많은 질문과 대화를 하고 싶어 경주에 몇 박 머물 예정이니 하루라도 시간을 내주길 간곡히 부탁했다. 언어를 날줄 씨줄로 촘촘히 짠 것 같은 그의 편지는 내 마음을 움직였다. "몇 번이고 우려먹을 수 있는 찻잎처럼 알차고 깊은 이야기를 세상에 내놓아주신 데에 감사드린다"는 겸허 앞에서 어느 작가인들 감동하지 않겠는가.

정체성에 대해서라면 도움을 줄 수도 있었을 텐데. 나는 P처럼 처음부터 진로를 결정하지 못했다. 고교 때 좋아했던 과목은 국어가 아니라 수학과 생물과 세계사였다. 수학은 내가 싫어하는 암기 없이 저절로 풀어나가는 것이 재미있었다. 수학은 어려서부터 좋아했던 것 같다. 얼마 전 〈이상한 나라의 수학자〉 영화를 보고 '무용해서 아름다운 수학'의 세계에 발 디디지 못한 것을 애석해했다. 수학의 바다에 발만 적시고 좌절했을 수도 있다. 청춘기의 좌절은 얼마만 한 상처가 됐을까. 소설가가 되고도 글을 쓰지 못할 땐 폐인이 된 것 같았다.

생물 과목은 멘델의 유전법칙이 유독 흥미로웠지만 화학을 못하니 포기했다. 그때 진화생물학이란 매력적인 분야가 있다는 걸 알았더라면 작가가 되지 않아도 좋았을 거다. 세계사는 드라마틱해서 좋아했을 것이다. 신라처럼 여왕이 있어서인지 영국을 유난히 좋아했던 것도 기억하는데 역사학으로 진로를 결정할 생각은 전혀 하지 못했다. 역사학과에 갔더라면 소설 쓰는 데 더 도움이 됐을 듯한데.

　미술을 뛰어나게 잘한 기억은 없지만 고교 2년 때 짝이 김밥 마는 대발에 싼 동양화 붓을 보여주면서 같이 미대 가자고 했다. 호기심을 느낀 나는 그날로 화실에 따라갔고 곧 서울미대생에게 데생을 배우기 시작했다. 조소과 대학원생이던 선생은 조소 전공이라 조각대에 늘 흙이 쌓여 있었다. 자연의 흙냄새와 그 부드러움이 마음을 끌었다. 얼마 뒤 나는 회화가 아니라 입체적인 조소로 결정했다.

　이런 우연도 필연적인 것이라 할 수 있을까. 나는 최종적으로 조각가가 아니라 소설가가 되었으니까. 그것도 등록금을 마련하기 위해 대학 추계문예현상에 응모하여 단편이 당선되고 심사한 이어령 선생님의 부름을 받아 졸업 뒤 바로 소설가로 데뷔했다.

　그래도 가야 할 길은 정해져 있는 것 같다. 어릴 때부터 애독가였다. 아버지 책이 쌓여 있는 다락방에 가서 김내성의『마인』부터『마농 레스코』『삼국지』등 손에 잡히는 대로 읽었다. 중학교 때도 도서관을 누구보다 많이 드나들었고 고등학교 땐 독어 수업시간에 찰스 디킨스의 그 두꺼운『데이비드 코퍼필드David Copperfield』를 책 아래 숨기고 읽었다. 반에서 제일 책을 많이 읽는 급우가 하루는 나더러 "넌 17세기 사람 같아"라고 했다. 가만 생각하니 눈이 웅숭깊고 어딘지 이국적인 그 아이야말로 17세기 사람 같았다. 그래서 이런 결론을 내렸다. 책에 빠져 있으면 17세기 사람처럼 되어가나보다, 라고. 아니다. 자유로의 진화를 가르쳐주는 책을 통해 반유교, 탈조선의 디아스포라가 되어갈 토대를 다지고 있었던 것 같다. 그때는 상상하지 못했지만.

책을 다독하며 나도 모르게 언어의 힘과 아름다움에 빠졌던 것일까. 그것이 작가가 되기 위한 디딤돌이었다. 이십대에 나는 시민성과 예술성이 대립되어 나타나는 토마스 만의 「토니오 크뢰거」를 읽고 자신이 예술의 세계에 속해 있음을 알았다. 머리 싸매고 공부해야 할 고3 때 혼자 보러 갔던 동경발레단의 〈백조의 호수〉는 구원처럼 다가온 빛이었다.

젊은 P와 이런저런 얘기를 나누었다면 예술가의 길을 가는 데 도움이 되지 않았을까. 그러나 경주에서 그를 만난 적이 있는지 도무지 기억나지 않았다. 이름을 되뇌어도 얼굴이 떠오르지 않았다. 그때 바쁘다는 핑계로 그에게 답장을 보내지 않았다면? 상상만으로도 미안하고 자책감이 들었다.

편지를 보낸 해가 2009년이니 아주 오래전 일은 아니다. 진지한 그의 성품은 나를 만나지 못했더라도 실망에 흔들리지 않고 자신의 길을 잘 찾아갔을 것 같다. P는 혹시 지금쯤 미국에서 화가로 살지도 모르겠다. 이 땅의 들썩이는 기운과 조화되지 않아서 옛 꿈으로 돌아갔을지도. 이제는 개인이 국가를 선택할 수 있는 글로벌 시대이니까.

과기대생의 편지는 죽음이라도 앞둔 듯 절박했다. "선생님을 만난 다음부터 참 열심히 살았는데 운명이란 게 잔인하네요. 하루하루 목숨을

세어가는 그런 삶이 되어버렸어요. ……선생님의 출국 소식을 오늘 인
터뷰 기사에서 보고 생명이 다하기 전 한번 더 뵙고 싶었어요. ……이 편
지가 도착할 금요일 아침부터 인사동 사루비아 다실에서 기다릴게
요. ……마지막 인사라도 드리고 싶은 거예요. 저에게 맨 처음 어떻게
살 것인지를 가르쳐주셨던 분……"

그동안 무슨 일이 생긴 것일까. 안경을 쓴 얼굴이 떠오르니 전에 만난
건 분명하다. 내가 살았던 아파트 동네로 찾아와서 본 것도 같다. 얼굴
에 드리운 고뇌가 또래 대학생보다 성숙해보였을 뿐 병을 짐작할 수 있
을 만큼 아파보이진 않았다. 나도 삶에 비틀거렸는데 누구에게 어떻게
살 것인지를 가르쳤다니. 사루비아 다실도 전혀 기억나지 않는다. 숲속
의 방에 그려진 빨간 사루비아…… K는 언제 사루비아란 다실을 인사
동에서 발견했을까. 그때 이 편지를 받았더라면 편지에 적힌 과기대 전
화번호로 연락했을 것 같다.

아니었나? 무슨 이유인가로 만나지 못한 걸까. '청춘이 싫으시겠지만'
이라고 편지에 쓴 걸 보면 내가 그렇게 말했나보다, 청춘이 주는 혼란이
싫었다는 말이었겠지. 나의 진정성이 모자랐다면 용서를 받고 싶네. 바
라건대 지금도 건재하다면.

K의 소재라도 알고 싶다고 생각하니 문득 「무도회의 수첩」 주인공이
떠올랐다. 대저택에 사는 사십대 미망인이 어느 날 옛날 수첩을 발견한

다. 17세 때 첫 무도회에서 춤을 춘 파트너들의 주소가 적혀 있어 관심을 갖고 차례차례 찾아나서는 스토리였다. 나도 지함 속 편지의 주인들을 찾아나서고 싶었다. K를 다시 볼 수 있다면. 고뇌하던 청춘의 모습이 아니라 개장국집을 나서며 헐벗은 민머리에 흐르는 땀을 훔치는 중년 아저씨를 보더라도 결코 실망하지 않을 것이다. 살아만 있다면.

H가 그리스에서 공부를 마쳤다면 지금쯤 대학에서 강의를 하지 않을까. 그리스와 무역하는 기업에서 중견 간부가 되어 지중해를 오갈지도 모르겠다. 무엇을 하든 H가 여전히 그리스 춤을 즐기고 살아가기를. 무릎을 바닥에 댄 채 두 손가락을 부딪쳐 소리 내면서 허리를 바닥으로 넘기는 춤을 출 때 H의 모습은 공부에 스트레스 받는 유학생이 아니었다. 온전한 몰아로 진정한 자신이 된 것 같았고 신화의 공기에 스며드는 청춘의 율동이 아름다웠다. 조르바만 아름다운 것이 아니다. 춤추는 남자는 아름답다. 언젠가 하재봉씨의 탱고를 보고 싶다. 춤추는 남자의 몰아가 흐려져가는 내 눈을 씻어줄지 모른다.

1990년 프란시스코 세계문학회의에서 만난 쓰시마 유코씨에 대해선 꽤 할말이 있다. 나보다 네 살 위인 쓰시마 유코씨를 처음 만났을 때 자매혼 같다는 생각이 섬광처럼 가슴에 스쳤다. 그런 느낌은 생애 처음이었다. 그녀가 작가 다자이 오사무의 딸이라는 것도 그날 알았다. 그에겐 일본문화에서 숙성된 특유의 우아함이 있었고 나는 내가 갖지 못한 그 아우라에 매혹당했다. 짧은 영어에도 나는 사적인 이야기로 다가섰고 유코씨도 그렇게 응답하며 소통했다, 작가회의 기간 동안 우리는 자주 동석했고 마지막 날엔 평론가인 가라타니 고진 선생과 셋이 칵테일로 이별식을 가졌다.

나는 귀국하자 유코에게 편지를 보냈고 그는 왜 우리가 영어로 말해야 하는지 모르겠다고 답장을 보냈다. 그뒤 나는 인도로 유코씨는 프랑스에 일본어를 가르치러 갔다. 그는 작가대회에 참가하러 한국에도 몇번 왔고 처음 왔을 땐 내게 엽서로 알렸지만 내가 경주 집을 비웠을 때였다. 샌프란시스코 이후 다시는 못 보게 된 셈이지만 나는 언젠가 유코씨를 보러 조용히 도쿄로 가리라 마음먹고 있었다. 그와 만날 일까지 준비해 떠나려던 해 봄에야 뜻밖에도 그녀의 별세 소식을 인터넷에서 접했다. 69세에 폐암으로. 그날 나도 69세에 죽으려나 했다. 단 한번 만났을 뿐이지만 그녀와의 동질감은 내게 그만큼 깊었다. 다시 없을 자매혼, 어디서도 만날 수 없는 친구여. 영면하소서.

검은 골동지함은 정월을 앞두고 그대로 닫혔다. 개인적으로는 책과 관계된 연대기가 되고, 언어로 감성의 교류를 한 독자들에게는 생의 한순간이 담긴 편지였다. 「편지를 태우며」란 법정 스님 글에 공감했지만 나는 소멸을 연장했다. 불편한 편지는 그때그때 처리한 것 같은데 영혼이 담긴 편지들은 차마 떠나보내지 못하겠다. 살아 있는 동안 편지의 주인들을 혹시 만나게 된다면 그대 어리고 젊은 날의 찬연한 흔적이라고 되돌려주자.

고도를 찾아온 콧수염 청년

│ 삼층쌍탑 앞에서

　매화향이 고이면서 경주에 사람들 발길이 잦아졌다. J는 올해 자사고를 졸업한 수재아들 j를 경주에 보냈다. j는 졸업을 앞두고 외삼촌이 있는 동경에 가서 이십여 일 여행하고 돌아온 터였다. 역사를 좋아하여 영국과 아시아의 각 대학에 역사 관련학과를 지망했다니 경주 방문을 내가 권했다. 한국 고대사도 관심을 가져보라고.

　J와는 밀레니엄 첫날인 2000년 1월 1일 북경서 만나 기억하고 있다. J는 그즈음 출간된 내 소설을 읽고 혹시 북경에 올 일이 있으면 연락하라며 편지했다. 안 그래도 나는 밀레니엄을 북경서 보내기로 하고 비행기편을 예약해둔 터였다. 미지의 독자지만 J가 마치 텔레파시로 내 계획을 알고 연락한 것 같아 놀랐다.

　그날의 만남이 이어져 J의 외아들 j가 이십 세 청년으로 내 앞에 나타났다. 영재교육학술원에 다니던 초등생 때 서너 번 보고 처음이었다. 그동안 나는 j의 해외 조기유학과 학업 소식만 간간히 들었을 뿐이다. 우량아였던 초등학생이 턱수염을 살짝 기른 듬직한 청년으로 등장하자 나는 강산뿐 아니라 사람이 변모하는 십 년 세월을 실감했다.

KTX역사에서 그를 맞이하고 우리는 동남산으로 향했다. 산이 굽어보는 아름다운 동네에 카레 전문의 작은 일식당이 있다. 음식이 나오는 동안 j에게 일본 여행에 대해 물으니 도쿄 인근의 가마쿠라가 인상 깊었다고 한다. 대불상이 유명한데 내가 모르는 어느 일본만화의 배경이 된 장소들을 찾아가 확인한 것이 재미있었단다. 세대차가 확연하지만 영화 〈바닷마을 다이어리〉 배경이 되는 장소라 하여 나도 귀를 기울였다.

애니메이션 〈너의 이름은〉을 여섯 번 보았다, 일본만화를 좋아하여 고교 때 본격적으로 일어를 독학했다, 이제는 웹소설을 영어로 번역하여 자신의 블로그에 올리는 프로 수준이 되었다. j의 장래 희망이 번역가 겸 작가라니 관심사가 삶의 방향이 된 것인가. 기호가 자기 길을 찾아가는 과정이 되니 신비롭다. 아니면 성향이 스스로 기호를 찾아내는 걸까.

점심 후 나는 j에게 부근에 있는 신라시대 삼층 쌍탑을 보여주었다. 삼국유사에 나오는 염불사와 서출지가 가까이 있고, 불교 유적이 가득한 남산이 펼쳐져 천년 신라의 분위기를 느낄 수 있으리라. j는 풍경을 휘둘러보고 삼층석탑 옆에 세워진 표석 뒷면에 눈길을 멈춘 채 대한민국이라고 쓰여 있다고 일러주었다. 오래전 문화재를 정비하며 세운 것 같은데 앞면 글씨는 마모됐으나 '大韓民國'은 건재했다.

문득 2002년 월드컵 때 온나라에 울리던 열광적인 '대한민국' 구호가 떠올랐다. 시국이 시국인지라 대통령 탄핵시위엔 의무로 참석했지만 나는 늘 집단 앞에서 열외라고 느꼈다. j도 탄핵시위에 참가했다니 느낌을 물었다.

"민족, 국가, 이런 건 싫지만 정의로운 사회가 돼야 하잖아요. 학교 이름에 '민족'이 들어가는 것도 마땅치 않아요. 너무 핏줄, 지연을 강조하는 것 같고."

이 부분에서 나는 j와 악수하고 싶었다. 민족, 국가라는 단어는 나를 옭매는 것 같아 코스모폴리탄으로 자처하는 터였다. 나는 한 학기 내내 하루키의 『노르웨이 숲』 영문판을 읽었다는 풍족하고 그늘 없는 세대에게 독후감을 물었다.

"끝 페이지에 와타나베가 미도리에게 전화하면서 '나는 지금 어디에 있는가?' 혼자 되묻잖아요. 나도 지금 어디 있는가? 싶었어요. 허무하기도 하고……"

허무를 알면서 우리는 성년이 된다. 허무를 안다니 j가 짐짓 어른스러워 보이지만 듬성듬성 자란 턱수염이 채 자리잡히지 않았다. 하루키 소설을 읽고 아들이 J에게 했다는 말.

"그런데 레이코의 섹스는 개연성이 없어요."
젊은 엄마 J는 웃으며 이렇게 알려주었다.
"섹스는 원래 개연성이 없는 거야."

하루키 소설을 모두 읽은 것도 아니고 지금은 특별히 선호하지 않지만 삼십 년 전 읽은 『노르웨이의 숲』 여운은 아직도 남아 있다. 바스라질 듯 투명한 나오코의 캐릭터부터 청춘기의 상처를 미세한 물결로 그려낸 이 소설은 너무나 일본적인, 하루키 초기문학의 수작으로 나는 꼽는다. 주인공의 죽음과 함께 마무리되는 마지막 장의 끝 부분은 j 말대로 감동을 주는데 요양원을 나서자 먼저 와타나베를 찾아가는 레이코의 결말도 필연으로 느꼈다.

스키야키를 요리해먹고 목욕탕에 갔다가 사랑한 나오코의 장례식을 풍성하게 치르는 두 사람. 세 개의 잔에 와인을 따르고 담배를 피우면서 '노르웨이 숲'과 오십 곡을 인간 주크박스처럼 연이어 기타 연주한 레이코. "충분하다"고 와타나베가 감사했다면 위스키를 마시고 무엇을 더 해야 할까. 레이코에게 와타나베의 방은 현실로 들어서는 다리였다. 레이코는 섹스를 제의하고 19세 연하인 와타나베도 텔레파시처럼 같은 생각을 했다. 죽은 자는 보내고 산 자는 삶을 계속해야 하기에. 그건 망각의 의식이고 새출발의 제의였다.

j는 아직 섹스를 모르는 것 같은데 개연성 운운한 것이 재미있다. 레이코의 행동이 생뚱맞다고 생각했을 수도 있다. 한국인의 정서에 맞지 않을 수도 있다. j는 유교사회 울타리 안에서 반듯하게 성장한 범생이다. 엘리트일지라도 한국인의 집단무의식에 뿌리박힌 유교를 벗어나긴 힘들다. 전에 피카소 얘기가 나오자 j가 불쑥 "바람둥이"라고 말해 J와 나는 하하 웃었다. 세계의 위대한 거장 예술가가 대한민국 모범생 한마디에 납작해지는 순간이었다. j도 언젠가 사랑에 빠진다면, 사랑의 무정부적 정체를 안다면 달라지지 않을까.

몇 년 전 어느 문화재단 월간잡지에서 독일인 번역가의 인터뷰를 읽은 기억이 난다. 그가 말했다. 한국인들은 문학조차도 유교의 시각으로 읽는다고. 백번 맞는 말씀. 어디 문학뿐일까. 영화도 유교적으로 보지 않는가. 넷플릭스에서 〈플로리다 프로젝트〉를 보고 두 지인에게 강추했다. 두 여성 다 자기 전문직을 가졌고 전시회도 한 화가이며 다독가 엘리트이다. 예술을 안다고 생각했지만 두 사람 다 감상이 똑같았다. "좋은데…… 좀 안됐어."

영화 무대는 미국 디즈니랜드 부근의 빈민 아파트로 주인공역은 방값이 떨어지면 몸을 파는 불량엄마와 발랄한 다섯 살 딸아이다. 영화에서 내가 감동한 것은 열악한 환경에서도 구김살 없이 당당 씩씩하게 자라는 아이의 생명력이었다. 두 지인은 불량엄마를 인습의 시선으로 보고 아이가 불쌍하다고 느낀 듯하다. 한국인의 고정관념과 달리 현상에 그대로 적응하는 아이는 불량엄마가 불량한 줄도 모르고 피자를 나눠먹으며 사랑하고 즐겁기만 하다. 방값 문제로 엄마가 관리인과 다툴 때도 옆에서 TV를 보며 춤추는 아이는 전혀 불쌍하지 않았다. 행복한 사람들의 감상법이 무색하게.

〈플로리다 프로젝트〉란 작품 제목은 이별과 삶터의 해체를 암시하지만 그럼에도 영화는 마지막까지 아이의 환한 웃음을 클로즈업한다. 희망의 휴머니즘이다. 이것으로도 알 수 있다. 유교적 시각에는 휴머니즘이 결여돼 있다는 걸. 수없이 책을 읽고 명화를 본들 닫힌 가슴으로는 인생을 알지 못한다.

모태 인생파 〈플로리다 프로젝트〉의 아이를 나무를 껴안듯 안고 싶다. 어떤 편견도 침범하지 않은 본연의 강렬한 생기를 가슴으로 전해받고 싶다.

아라키씨의 이주

| 동남산 아래에서

'아라키의 집'이 다시 오픈한다는 안내문자가 왔다. 주말 점심시간만 영업하는 모양이지만 반가웠다. 이따금씩 그 집 일본식 카레가 먹고 싶었지만 학자인 주인 사정으로 영업하는 날이 일정하지 않았고 언젠가부터 아예 문을 닫았다는 말도 들려오던 터였다. 가본 지 일 년이 넘은 것 같다. 안부도 물을 겸 카레를 먹으러 일욜 오전 지인과 함께 아라키의 집이 있는 동남산으로 갔다.

동남산이 있는 남산동은 경주에서 내가 가장 살고 싶은 동네다. 이십 년도 전인가. 내가 처음 남산동에 산책 왔을 때 봉우리의 높낮이가 없는 평평한 산이 동네를 에워싸고 있는 풍경이 신선이 사는 곳 같았다. 독수리가 날개를 펼친 듯 통도사를 에워싼 신성한 영축산이 떠올랐다. 기와집들만 들어선 남산동엔 돌담이 많고 낡은 고옥과 신축 한옥이 무리 없이 조화를 이루었다. 신라 탑과 몇 개의 절도 마을의 일부인 듯 어우러져 아름다웠다.

오랜만에 간 아라키의 집 마당은 온갖 봄꽃이 만발해 있었다. 진분홍 꽃나무는 엑센트를 주듯 군데군데 심어져 있고 연록이 한창인 나무 아래로 이곳의 터줏대감이 된 길냥이가 졸린 듯 앉아 있었다. 식당인 목조 건물로 들어서자 두 군데 테이블에 손님이 식사를 하고 있었다. 주방에서 아라키씨가 머리에 수건을 쓴 채 카레를 만들고 한국인 부인이 상에 놓을 반찬을 덜고 있었다. 내가 반가워하며 "오랜만에 문을 열었네요" 했더니 "코로나가 끝나길 기다리다가……" 하며 웃었다. 마스크를 쓴 아라키씨는 눈으로 인사했다.

교토 대학을 나와 십 년도 전 경주에 여행 온 아라키씨는 일본의 고도 나라와 너무나 비슷한 분위기에 놀랐다고 말했다. 경주를 공부해야겠다, 마음먹고 한국에 다시 와서 역사인류학적 논문으로 박사과정까지 마쳤다. 경주에서도 동남산이 보이는 이곳을 점찍어 집을 지었다는데 나처럼 남산동을 좋아하는 거다. 나도 이십 년 전 처음 나라를 갔을 때 경주와 너무 비슷하여 놀랐다. 일본에 산다면 나라에 머물겠다고 생각했으니 공통점이 있다.

여행하다보면 어떤 지역에 특별히 끌릴 때가 있다. 나의 경우 인도와 그리스, 경주가 그랬다. 기차를 타고 가면 이틀 사흘 끝없이 지평선이 이어지고 강가에 가트화장터가 늘어선 광대한 인도에선 삶의 본질을 보았다. 그리스는 인간의 모든 유형을 신으로 그린 신화가 탄생할 정도로 땅의 아우라가 신성했다. 경주에선 도심 가운데 둔덕처럼 솟아 있는 수많은 능들이 인류학적이고 근원적이었다. 소설가인 내게 이 감동은 당연히 글로 이어졌다.

신라의 흔적, 그 찬연한 아름다움에 혼이 팔려 이 땅에서 여태 살았는데 얼마 전 그 햇수를 세어보니 무려 삼십여 년이 가까워졌다. 정말 둔감하다. 나도 모르게 그 말이 튀어나왔다. 십 년은 신라에 꽂혀 화살처럼 지나갔다. 작업량도 서울서 이십 년간 쓴 양과 맞먹을 만큼 집중되어 과작인 나를 흡족하게 했다. 내게 특별한 땅이었던 인도와 그리스처럼 경주도 영감을 주었다. 경주에서 십 년이란 세월은 불면의 영혼을 치유한 시간이었다. 나는 진주를 꿰듯 글을 엮어 이 땅에 바쳤다. 하여 생각했다. 다 받고 다 나누었으니 이제 떠나자고.

그랬더라면 더 좋았을 것이다. 이곳도 사람이 사는 사회인지라 유쾌하지 않은 일도 잊을만 하면 다가섰다. 이질감이 누적되기 시작했다. '신라'라는 고도는 내게 환상의 영역이었지만 인간이 주는 갈등은 이곳이 자유로운 신라가 아니라 유교국가의 한 작은 지역이라는 삭막한 현실로 되돌아가게 했다.

그렇게 이십여 년을 되풀이 흘려보내고 늦되게 이 년 전에야 집을 내놓았다. 코로나의 시작과 함께. 틈틈이 불필요한 것들을 정리하면서 새롭게 자리잡을 터전을 꿈꾸면서. 어제는 수십 년간 꽃을 피워온 벚나무 수백 그루가 잘려나간 월성을 산책했다. 사 년 전까지는 사흘이 멀다 하고 찾아온 최애 산책지였다. 월지와 마주보이는 월성 등성이 안쪽에 사람 손을 전혀 타지 않은 듯 고즈너기한 상수리나무 숲을 유독 사랑했다. 오렌지빛 햇살이 투과하는 일몰의 숲은 오체투지하고 싶은 나의 성지였다. 월성 입구의 성벽부터 조금씩 발굴하더니 본격적인 궁터 발굴이 시작되자 내 발길도 서서히 줄어들었다. 동문 쪽에 위치한 상수리나무숲도 복원사업이란 대의명분으로 잘려나간다면? 상상도 하고 싶지 않다. 원형도 모르는 신라왕궁 복원이라니. 정치가의 지역공약이 이행되고 있는 중이었다. 이젠 바로 상수리나무숲 앞에 철책을 치고 발굴중이니 겁이 난다. 경주의 가까운 지인 말이 떠올랐다. 사람 보고 살지 말고 자연 보고 살라고. 자연 보고 살려는데 여기저기 나무마저 못 살게 자르다니, 자연에게도 사람이 문제다.

경주에서 몽골 초원으로
| 비 온 뒤 연밭에서

차를 타고 간혹 다른 지방으로 가면 도로표지판에서 낯선 지명들을 꽤 많이 보곤 한다. 국내에도 내가 모르는 곳이 이렇게 많구나 놀라기도 한다. 여행가라면 누구나 '지구는 넓고 할일은 많다'라고 할 만하다. 신문을 보던 시절엔 지방 명소를 소개한 기사를 모아두기도 하고 '삶이 고단할 땐 자코파네로 가라'는 기사를 보곤 얼마나 아름다운 곳이길래, 상상하면서 지명을 외웠다.

체력의 한계를 아는 이제는 달라졌다. 많고 많은 장소와 크기도 상상할 수 없는 지구상 나라들을 어떻게 다 본단 말인가. 캐리어를 끌고서. 죽기 전에 가야 할 곳도 세 손가락만 꼽으면 족하다. 아니 다시 보고 싶은 장소를 꼽아 순례하듯 가는 것이 더 깊은 교감일 것이다.

며칠 전 인터넷에서 몽골에 관한 기사를 읽고 향수병을 앓듯이 몽골 초원을 그리워했다. 코로나에 발이 묶이니 여행에 더욱 목마르다. 다음에 몽골에 간다면 말 타는 법을 배워서 별밤에 말과 함께 정처 없이 가고 싶다. 전혀 실현성 없는 헛꿈이지만 상상으로 그리움을 달랬다. 몽골에 정착하여 살면서 존재의 근원을 묻고 싶을 땐 주저 없이 고원으로 떠난다는 어느 기행문 저자를 부러워했다. 자전거로 팔백 킬로미터의 항가이를 다녔다니. "40시간 동안 아무도 만나지 못하고, 고비에서 홀로 텐트 치고 실존의 밤을 온몸으로 느끼는 시간"의 독백을 읽을 땐 고독의 존엄성에 가슴이 먹먹했다. 정말 내세가 있다면 다음 생엔 남자로 태어나 별빛 아래 말을 몰고 항가이 벌판을 헤매고 싶다.

여행은 내게 세계의 확산이다. 본질로 들어서는 관문이다. 인도를 기차로 여행할 땐 차창으로 끝없이 펼쳐지는 지평선을 보며 간디의 무저항주의가 저 자연에서 나왔음을 알았다. 철학가 오로빈도의 사상을 이어받아 서양인이 인도 남부에 설립한 공동체 마을에선 영적인 기운을 전혀 느끼지 못했건만 옆의 작은 도시에 있는 오로빈도 아슈람 식당에 들어서자 나도 모르게 기도가 나왔다. 신이여 이 고귀한 음식을 감사히 받겠습니다, 하고.

아폴론 신전이 있는 델포이와 미케네의 신성한 산정에서는 왜 그리스에서 천지창조 신화가 만들어지고 유럽문명의 시조가 되었는지 알 것 같았다. 그리스는 시원이었다. 바다 물거품에서 태어난 아프로디테처럼 영원한 태초이다. 땅에도 숙명이 있다.

유적이든 땅이든 낯선 길에서 조우하며 깨달음을 얻기에 여행은 나의 한가운데로 들어서는 구도이기도 하다. 삶의 큰 부분이다. 내가 사는 소도시에선 대부분의 사람들이 여행에 관심이 없다. "이십 억 재산이면 자식에게 물려주고도 노후걱정 없이 살 수 있겠지"라고 은근히 부를 자랑해도 가까운 일본조차 가보지 않았다. 탄탄한 직장을 가진 한 지인은 부부만 살면서 남편이 공부한 이웃나라만 방문했을 뿐이다. 지적인 사람이고 건강하지만 바깥세계엔 전혀 관심이 없는 듯 보이고 일찍부터 최대 관심사는 건강이었다. 노후를 위해선 바람직한 관리지만 자기 세계에 만족하면 다른 세계에 호기심이 없는 것일까. 그것이 안전한 보통의 삶이라면 '보통'에 매력을 느끼지 못한다. 경제와 건강이 삶의 기본이지만 그것이 전부인 행복이란 맛으로 치면 소금이 모자라 싱겁지 않을까.

오늘도 비 온 뒤 메타세쾌이어가 서 있는 능역을 거닐었다. 연잎이 작은 우산처럼 덮여 있는 연밭에 다가가니 잎에 고인 물방울이 유리구슬 같았다. '연잎에 구르는 물방울처럼'이라는 비유가 법구경에 나오는 것 같은데…… 집착 없는 삶을 말한 것일까. 모든 것을 자연에서 배우니 자연은 스승이지.

골목을 나서니 평원이 펼쳐진다. 어디선가 바람이 불어오는데 신라 고분 앞에서 눈을 감은 채 바람의 냄새를 맡으려 한다. 처음 경주에 살 때 바람이 불면 인도의 평원을 떠올리며 미소 지었다. 사 년 전 몽골을 다녀온 후론 여우가 달려가는 들판, 가젤 무리들이 총알처럼 뛰어가는 몽골 동부의 너르디 너른 벌판이 몽환처럼 떠오르곤 했다. 동물이 없는 자연은 반쪽 자연이라는 것도 안다.

사십여 년간 원나라의 수도였던 몽골 하라호름에서 차로 한 시간 거리에 투르크왕국의 비가 있다. 퀼테킨 왕Kul-Tegin AD 684-731의 기념비로 일대의 평원을 바라보면 광대한 제국의 기상을 느낄 수 있다. 터키인이 몽골에서 그 비를 본다면 나의 근원은 아시아인가? 하고 감동받을지 모른다. 그곳에서 이십 킬로미터 가면 744년부터 840년까지 몽골을 지배했던 위그르족이 수도를 건설한 하르발가스 땅의 역사를 알려준다. 훈BC 300-200, 투르크AD 600-800, 몽골13세기 기념비이다. 아시아의 웅대한 흔적이다.

나도 그 앞에 서서 묻고 싶다. 나의 근원은 여기인가? 내가 원해서 태어난 곳도 아닌데 작은 반도의 유교국가 한국인이란 격자를 부수고 인류의 한 사람으로 서고 싶기에.

오늘도 그립다. 몽골의 대지가. 마음속으로 오랜 기억을 불러내는 주문을 외운다. 전생에 유목민 남자였던 나. 태양 아래선 츄츄츄 외치며 양과 염소를 몰았고, 별빛 쏟아지는 밤에는 말을 타고 하염없이 허허벌판을 나아갔다. 저 멀리 식칼처럼 번뜩이는 건 별빛에 부서지는 맑은 오르콘 강.

걸어본다 02 | 경주

이
고도古都를
사랑한다

2004~2022

ⓒ 강석경 2022

1판 1쇄 발행 2014년 8월 31일
1판 3쇄 발행 2018년 5월 29일
2판 1쇄 발행 2022년 7월 31일

지은이 강석경

펴낸이 김민정
책임편집 유성원
편집 김동휘
디자인 한혜진
마케팅 정민호 이숙재 김도윤 한민아 정진아 우상욱 정유선
브랜딩 함유지 함근아 김희숙 박민재 박진희 정승민
제작 강신은 김동욱 임현식
제작처 영신사

펴낸곳 (주)난다
출판등록 2016년 8월 25일 제406-2016-000108호
주소 10881 경기도 파주시 회동길 210
전자우편 nandatoogo@gmail.com **페이스북** @nandaisart **인스타그램** @nandaisart
문의전화 031-955-8865(편집) 031-955-2696(마케팅) 031-955-8855(팩스)

ISBN 979-11-91859-28-7 03810